NAME: Justus Jonas
FUNKTION: Erster Detektiv
FRAGEZEICHENFARBE: weiß
BESONDERE MERKMALE: das Superhirn der drei ???; Meister der Analyse und Wortakrobatik; erstaunlich schneller Schwimmer; zu Hause auf dem Schrottplatz von Tante Mathilda und Onkel Titus; zupft beim Nachdenken an seiner Unterlippe
IST FAN VON: Tante Mathildas Kirschkuchen und Denksport aller Art

NAME: Peter Shaw
FUNKTION: Zweiter Detektiv
FRAGEZEICHENFARBE: blau
BESONDERE MERKMALE: für körperliche Herausforderungen immer zu haben, dafür kein Ass in der Schule; großer Tierfreund; Spezialist für Schlösser aller Art, die seinem Dietrichset einfach nicht standhalten können; neigt zu Vorsicht und Aberglauben
IST FAN VON: schnellen Autos (insbesondere seinem MG), der südkalifornischen Sonne, so ziemlich jeder Sportart

Die drei ???®

Die drei ???®

Das Rätsel der Smart City

erzählt von Christoph Dittert

Kosmos

Umschlagillustration von Silvia Christoph, Berlin
Umschlaggestaltung von Estudio Calamar, Girona, auf der Grundlage
der Gestaltung von Aiga Rasch (9. Juli 1941 – 24. Dezember 2009)

Unser gesamtes lieferbares Programm und viele
weitere Informationen zu unseren Büchern,
Spielen, Experimentierkästen, DVDs, Autoren und
Aktivitäten findest du unter **kosmos.de**

Gedruckt auf chlorfrei gebleichtem Papier

© 2016, Franckh-Kosmos Verlags-GmbH & Co. KG, Stuttgart
Alle Rechte vorbehalten
Mit freundlicher Genehmigung der Universität Michigan

Based on characters by Robert Arthur.

ISBN 978-3-440-14831-0
Redaktion: Anja Herre, Annemarie Chiappetta
Lektorat: Nina Schiefelbein
Produktion, Layout und Satz: DOPPELPUNKT, Stuttgart
Druck und Bindung: GGP Media GmbH, Pößneck
Printed in Germany / Imprimé en Allemagne

Lieber Leser,

du kennst die drei ??? aus Rocky Beach? Du hast Justus Jonas, Peter Shaw und Bob Andrews schon bei früheren Fällen über die Schulter geschaut? Dann weißt du ja, dass Detektivarbeit viel Köpfchen, flinke Beine und gute Menschenkenntnis erfordert.

Das alles bringen die drei jungen Detektive mit, aber für Unterstützung sind sie dennoch dankbar. Und da kommst du ins Spiel.

Immer wieder müssen die drei ??? bei diesem Fall schwierige Entscheidungen treffen – und das ist nicht einfach in einer hoch technisierten Umgebung. Was tun, wenn sich das eigene Haus als gefährliche Falle erweist? Wie soll man mit einem höchst merkwürdigen Ensemble an Testbewohnern umgehen? Und muss man gegen alle Widerstände hinter die Kulissen des letzten Geheimnisses schauen?

Hilf den drei ???, indem du ihnen als vierter Detektiv solche Entscheidungen abnimmst!

Das ist keine einfache Aufgabe: Nicht alles ist so, wie es scheint, und nicht jede Spur bringt dich zum Ziel. Ein früher Erfolg kann ins Leere führen, und wenn die drei ??? denken, alles sei vorbei, nehmen die Ermittlungen möglicherweise erst richtig Fahrt auf.

Da hilft es, wenn wenigstens *du* einen kühlen Kopf bewahrst und auch zwischen den Zeilen liest.

Anders gesagt: *Dein Fall* braucht – dich.
Viel Erfolg bei den Ermittlungen!

Personenverzeichnis

Currie Gray-Elizondo oder einfach nur Zondo.

Corey Derlin besitzt nicht nur ein Hotel.

Chloe hat eine tolle Stimme. Und sonst nichts.

Eriq Weaver schreibt seinen Vornamen am Ende mit einem „q". Wirklich!

Aisha Bunbury ist ebenso vornehm wie reich.

Carolyn hingegen ist so arm, dass sie sich nicht mal einen Nachnamen leisten kann. Sagt sie selbst.

Vanessa Scarborough gehört der neo-öko-kosmischen Bewegung an. Was immer das sein mag.

Stephen Robertson ist ein redseliger Typ mit Glatze unter der Mütze.

Richie Harmon ist ein Technikfreak, der so einiges über Autos weiß.

Joey Frederik ist ein Kollege von Stephen Robertson. Einer von insgesamt sechs.

Zhào Qiaozhi spricht akzentfreies Englisch.

Molly Goodwin ist reich. Und unauffällig.

Gerald Zimmerman ist noch reicher. Und noch unauffälliger.

Audrey will ihren Nachnamen nicht verraten. Aber sie hat einen. Anders als Chloe.

… und *du* – denn du triffst die Entscheidungen!

Zwei Autos krachten ineinander. Metall kreischte und die Kühlerhauben verbogen sich.

»Ein Unfall«, erklärte der Mann mit den schwarzen Haaren und der leicht getönten Sonnenbrille auf der knubbeligen Nase den drei ???. »Ein sehr bedauerlicher Unfall!« Die Wiedergabe des Videos auf seinem Laptop endete. Er sagte laut: »Erneut abspielen!«

Kurz flackerte der Bildschirm, dann war ein weiteres Mal zu sehen, wie sich die beiden Wagen einander näherten. Die Kamera hatte das Geschehen aus mindestens zehn Metern Höhe aufgenommen, sodass gut zu erkennen war, dass die Autos eigentlich aneinander vorbeirauschen müssten. Doch plötzlich lenkten beide Wagen abrupt nach links und fuhren aufeinander zu.

»Stopp!«, rief Justus und der Laptop reagierte auch auf seine Stimme. Eine tolle Sache, so eine Sprachsteuerung. Daran könnte man sich glatt gewöhnen, dachte der Erste Detektiv. »Den Rest kennen wir ja. Im Kino mag es schön sein, bei so etwas zuzusehen, aber in der Wirklichkeit nicht. Ich hoffe, es ist niemand ernsthaft verletzt worden.«

Der Mann schob die Sonnenbrille etwas höher. Er lächelte. »Natürlich saß niemand in den Autos.«

»Das ist …«, begann Peter impulsiv, doch ihm fiel kein passendes Wort ein. »… ähm, seltsam«, beendete er den Satz kleinlaut.

Mr Sonnenbrille war erst vor wenigen Minuten auf den Schrottplatz von Justus' Onkel Titus Jonas gekommen und hatte sich so lange umgesehen, bis er die drei Jungs beim Herumschleppen von alten Eisenstangen entdeckt hatte. Tante

Mathilda hatte mal wieder darauf bestanden, dass aufgeräumt werden musste.

»Wie schön, dass ich euch gefunden habe. Schaut euch das mal an«, hatte er gesagt, aus einer Tasche seinen ebenso superflachen wie supergroßen Laptop gezückt, ihn aufgeklappt und das Video abgespielt.

»Wir haben jetzt also die Videoaufnahme zweier Gespensterautos gesehen, die einen Unfall hatten«, meinte Bob trocken.

»Schön und gut. Sagen Sie uns nun, wer Sie sind und warum Sie uns das zeigen?«

»Aber natürlich.« Der Mann räusperte sich. »Mein Name ist Currie Gray-Elizondo. Ich weiß, etwas ungewöhnlich. Ich überlege, mir einen Künstlernamen zuzulegen, aber … nun ja, ich bin eben kein Künstler. Meine Freunde nennen mich Zondo.«

»Auch nicht gerade ganz gewöhnlich«, kommentierte Peter. »Und warum sind Sie hier, Mr Gray-El…«

»Zondo. Sagt ruhig Zondo. Ich bin hier, um euch dieses Video zu zeigen, euch von meinem Auftraggeber zu grüßen und euch einzuladen, die nächsten zwei Wochen Testbewohner in der denkenden Stadt zu werden!«

Wenn du dir ebenso wie die drei ??? nun so einige Fragen stellst, solltest du rasch auf Seite 112 weiterlesen …

»Oh. Sie hier, Sir?« Justus wollte Zeit gewinnen.

»Was soll die Frage?«, herrschte Mr Derlin ihn an. »Ihr habt hier nichts zu suchen!«

»Wieso?«, spielte Peter den Verwunderten. »Wir wollten zu unserer Freundin Carolyn. Ist das nicht …«

»Ach, kommt«, sagte Mr Derlin und er klang enttäuscht. »Ihr wollt mir doch nicht erzählen, dass ihr euch im Haus geirrt habt? Ihr seid die drei ???. So was passiert euch nicht. Und so eine Lüge passt gar nicht zu euch. Ich bin euer Auftraggeber, habt ihr das vergessen? Zondo hat euch in meinem Namen hierhergebracht!«

Dem mussten die drei ??? kleinlaut zustimmen.

Kurze Zeit schwiegen sie alle.

»Es tut mir leid«, sagte Mr Derlin schließlich. »Ich kann euch nicht mehr vertrauen. Ihr habt meine Bitte missachtet, euch von hier fernzuhalten, ihr lügt mich an. Und wenn ihr wirklich Profis wärt, hättet ihr euch doch wohl denken können, dass hier alles überwacht wird!«

Die drei ??? kamen sich vor wie die letzten Trottel. Sie entschuldigten sich erneut und ihnen war klar, was das bedeutete: Der Fall *Smart City* gehörte für sie der Vergangenheit an.

Mr Derlin bedankte sich zwar noch einmal für die Hilfe im Sabotagefall, stellte aber klar, dass der Vertrauensbruch zu stark war. Noch am selben Tag reisten die drei ??? ab und das Rätsel um die beiden Diebstähle blieb ungelöst.

Bob verließ Mr Derlins Haus und eilte zu ihrem eigenen. Zu gerne wäre er mitgegangen und hätte die geheimnisvolle Hauptsteuerzentrale gesehen, aber ihm war eine Idee gekommen, der er unbedingt nachgehen wollte.

Im Haus schaltete er seinen Laptop an und wählte sich ins WLAN-System ein. Er setzte sich auf die Couch, ohne an die Massagefunktion auch nur zu denken, rief eine Suchmaschinenseite auf und gab einen Namen ein: Gerald Zimmerman. Es gab mehrere Männer mit diesem Namen, die Spuren im Internet hinterlassen hatten, aber bald fand er den Richtigen. Ein ehemaliger Politiker, der in die freie Wirtschaft gegangen war, eine Firma leitete, die weltweit mit Aktien handelte – und der, wie die anderen zwei, exakt 17 Prozent Anteile an der Smart City besaß.

Bob legte sich Lesezeichen auf einige Links und gab den zweiten Namen ein, der ihn interessierte: Molly Goodwin.

Auch in ihrem Fall wurde er fündig. Sie war für kurze Zeit Dozentin für Wirtschaftswissenschaften an der Universität von New York gewesen, ehe sie ein Vermögen geerbt hatte. Damit hatte sie sich als Beraterin für Computerfirmen selbstständig gemacht. Und sie war offenbar auch Aktionärin einer Smart City, die gerade in China in der Nähe von Schanghai entstand. Corey Derlin, ihren Auftraggeber, ließ Bob bei der Recherche erst einmal aus. Aber alle drei gehörten zu den wenigen Personen, denen der Zugang in die Hauptsteuerzentrale möglich war – und kamen damit potenziell als Diebe der sensiblen Datensätze infrage, wenn es auch seltsam erschien, dass sie sich gewissermaßen selbst bestehlen sollten. Hintergrundwissen konnte trotzdem nie schaden, das hatte Bob oft genug erlebt. Nicht umsonst war er bei den drei ??? für Recherchen zuständig.

Es läutete an der Tür.

Der dritte Detektiv fluchte leise vor sich hin. Eine Störung konnte er nun wirklich nicht brauchen. Er wollte das Klingeln ignorieren, doch schon erklang Chloes Stimme: »Es ist Carolyn. Soll ich sie hereinlassen?«

»Na gut«, sagte Bob. Das Mädchen würde sowieso nicht so leicht aufgeben. Er wartete kurz und rief: »Carolyn, ich bin im Wohnzimmer!«

Sie kam herein, setzte sich neben ihn. »Hi, bist du allein? Gestern hat mich Mrs Bunbury auf der Suche nach irgendetwas *Aufregendem* so lange durch die Stadt geführt, dass sie mir heute den halben Tag freigegeben hat.«

»Achsojanatoll«, murmelte Bob abwesend.

»Du hast mir gar nicht zugehört«, stellte Carolyn scharfsinnig fest. »Was tust du?«

Bob gab ihr einen kurzen Überblick. Es konnte ja eigentlich nicht schaden, wenn noch jemand die Situation durchdachte, und im Austausch entstanden oft Ideen, die einem alleine gar nicht gekommen wären. »Auch wenn es unsinnig ist, sich selbst zu bestehlen, bleiben die Hauptaktionäre verdächtig. Wir müssen mehr über sie herausfinden.«

Gemeinsam lasen sie mindestens ein Dutzend Nachrichten und Artikel sowohl über Mr Zimmerman als auch über Mrs Goodwin.

»Ganz schön erfolgreiche Leute«, stellte Carolyn fest. »Die stinken ja geradezu vor Geld. Ob die wohl mal so einen bescheuerten Ferienjob machen mussten wie ich?«

11

»Bestimmt«, sagte Bob. Er las gerade etwas über eine Spendengala, die Mr Zimmerman zugunsten eines neuen Waisenhauses in Chicago gegeben hatte. Offenbar waren dabei sechseinhalb Millionen Dollar zusammengekommen.

Langsam formte sich in beiden Fällen ein Bild über erfolgreiche, zielstrebige Menschen. Über ihr Privatleben erfuhren sie allerdings kaum etwas. Wo bei einem Star aus der Fernseh- und Kinoszene oft jedes Detail über Liebschaften, Ehepartner und Kinder in Klatschmagazinen stand, interessierte sich bei Finanzberühmtheiten offenbar niemand für derlei Hintergründe. Dafür war zu lesen, dass Mrs Goodwin vor Kurzem bei einem Börsencrash einige Millionen Dollar verloren hatte. Sie war ja nicht gerade vom Glück verfolgt, wenn jetzt wegen des Diebstahls auch noch die geplanten Gewinne mit der Smart City in Gefahr waren.

Und endlich begriff Bob. »Carolyn!«, entfuhr es ihm begeistert.

»Was ist?«

»Ich glaube, ich hab's!«

Weiter auf Seite 126.

»Ich freue mich, dass ihr gekommen seid«, sagte der Chinese einige Zeit darauf. Es war inzwischen später Nachmittag. Diesmal saßen sie im Freien, auf einer Terrasse seitlich am Haus. Neben ihnen hingen einige Handtücher an einer Wäscheleine. »Was ihr geleistet habt, ist beachtlich! Den Saboteur und seinen Helfer zu überführen – Respekt, junge Herren! Dieser Eriq Weaver ist eine Schande für meine Zunft. Dass er sich überhaupt Journalist nennen durfte …«

»Danke«, sagte Justus. »Sie haben gesagt, wir könnten uns mit Fragen an Sie wenden. Nun, wir hätten da ein paar.«

Wind kam auf. Die Handtücher flatterten sanft. Der Geruch von Waschmittel stieg den drei ??? in die Nase.

Bob zückte Notizblock und Kugelschreiber. »Es geht um das Steuerzentrum der Smart City. Wie haben wir uns das vorzustellen? Was läuft dort ab?«

»Wieso interessiert ihr euch dafür?«

»Es gibt nicht nur den Fall der Sabotage in der Stadt«, sagte Justus. »Sondern auch einen Diebstahl.«

Mr Zhào lehnte sich im Stuhl zurück. »Erstaunlich. Ihr seid wirklich gut. Das ist ein absolutes Geheimnis! Nur vier Leute wissen in der Smart City davon … dachten wir zumindest. Wie habt ihr davon erfahren?«

Gerade wollte der Erste Detektiv erklären, dass Zondo ihnen vom Diebstahl im Supermarkt berichtet hatte, als ihm klar wurde, dass hier offenbar ein Missverständnis vorlag. Der Diebstahl im Supermarkt wurde ja nicht in besonderem Maße unter Verschluss gehalten – und es wussten garantiert mehr als vier Leute davon. Allerdings hatte Justus den Supermarkt auch gar nicht erwähnt, sondern nur einen Diebstahl. Und da ihr eigentliches Thema das zentrale Steuersystem der denkenden Stadt gewesen war, musste Mr Zhào eine falsche Schlussfolgerung gezogen haben! War das der Grund, warum Mr Derlin so sehr darauf gepocht hatte, dass die drei ??? sich vom Steuerzentrum fernhielten? Dass er mit den anderen Hauptaktionären diese Blicke gewechselt hatte, als das Wort Diebstahl fiel? Ja, das passte alles wunderbar zusammen. Einschließlich der Tatsache, dass angeblich nur vier Leute von dem Diebstahl wussten: Das konnten die drei Hauptbesitzer und Mr Zhào selbst sein. Alles sprach dafür, dass der Chinese einen anderen Diebstahl meinte – einen im zentralen Steuersystem der Smart City! Mit anderen Worten: Justus hatte einfach Glück gehabt, an diese neue Information zu kommen.

»Na? Ich warte auf deine Antwort«, hakte der Chinese nach.

Jetzt erst wurde dem Ersten Detektiv klar, wie lange er schon geschwiegen hatte. Erleichtert nahm er zur Kenntnis, dass seine Freunde das offenbar auch getan und ebenfalls noch nichts vom Supermarkt erwähnt hatten. Anscheinend hatten auch sie die richtige Schlussfolgerung gezogen.

»Wir wissen nichts Genaues«, gab Justus zu. »Nur, dass im Steuerzentrum etwas geschehen ist. Ein Diebstahl eben.« Es war ein Schuss ins Blaue … und er traf exakt ins Schwarze!

Mr Zhào nickte. »Respekt. Erzählt mir, wie ihr darauf gekommen seid. Dann will ich euch gerne ein paar Informationen zum Steuerzentrum geben. Aber erwartet keine Details. Ich weiß selbst nicht sehr viel und natürlich ist das strengste Verschlusssache.«

»Natürlich«, wiederholte Peter.

Justus fasste einen Entschluss. Es war gestern gut gewesen, Mr

Zhào gegenüber ehrlich zu sein, dann wollte er das heute genauso halten. »Also, wir wussten bis vor Kurzem nur von einem Diebstahl im Supermarkt«, sagte Justus. »Dort ist die automatische Steueranlage gestohlen worden. Auf den Diebstahl im Steuerzentrum der Smart City haben Sie uns gebracht. Gerade eben.«

Mr Zhào schloss die Augen. »W-was?«

Justus erklärte es ihm. »Nun liegen die Karten auf dem Tisch. Über das Steuerzentrum wollten wir mit Ihnen sprechen, weil Mr Derlin uns nahegelegt hat, uns von dort fernzuhalten. Darum war uns klar, dass dort irgendetwas …«

»Schon gut«, fiel der Chinese ihm ins Wort. »Ich verstehe.« Er schüttelte den Kopf. »Ja, dort ist etwas gestohlen worden. Außer mir wissen nur Mr Derlin, Mr Zimmerman und Mrs Goodwin davon. Diese drei trifft es am härtesten.«

»Deshalb sind sie auch alle in die Stadt gekommen, richtig?«, fragte Peter.

»Genau. Und sie haben mich als Berater hinzugezogen, weil ich – bei aller Bescheidenheit – einer derjenigen bin, die sich weltweit am besten mit dem Thema Smart City auskennen. Ich war sowieso vor Ort. Aber ich sage euch eins: Dieser Diebstahl ist eine Nummer zu groß für euch. Das mit dem Saboteur habt ihr hervorragend erledigt. Vom Steuerzentrum, da gebe ich Corey Derlin völlig recht, solltet ihr euch fernhalten. Das ist zu gefährlich! Kümmert ihr euch um den Supermarkt. Und damit …« Er stand auf und deutete auf den Ausgang. »Guten Tag, junge Herren.«

Die Aufforderung war unmissverständlich. Die drei ??? verabschiedeten sich und verließen das Grundstück.

Draußen schüttelte Bob den Kopf. »Das gibt's ja nicht. Was ist denn hier noch alles los? Landet als Nächstes ein Ufo, oder was?«

»Das glaube ich kaum«, sagte Justus.

»Das war doch nur …«, setzte Bob an.

Doch Justus redete einfach weiter. »Stattdessen interessiert mich jetzt erst recht, was im Steuerzentrum passiert ist. Lasst uns einfach mal hingehen. Schließlich ist es ganz in der Nähe der Autoreparaturhalle.«

»Aber wir sind jetzt zweimal gewarnt worden«, sagte Peter.

»Und? Hat uns das jemals aufgehalten?«

»Eher im Gegenteil«, sagte der Zweite Detektiv zerknirscht.

Also standen sie kurz darauf vor dem kleinen Haus des Steuerzentrums. Alles sah total harmlos aus. »Lasst uns näher rangehen«, sagte Justus, »und nach Spuren eines Einbruchs suchen. Ist jemand gewaltsam dort eingedrungen? Oder einfach mit einer Berechtigungskarte?« Er eilte los.

Seine Freunde folgten ihm. Bald standen sie vor der Haupteingangstür. Daran gab es keinerlei Hinweise, dass jemand eingebrochen war.

Sie wollten gerade den Boden absuchen, als sich die Tür öffnete. Mr Derlin schaute sie an. »Jungs, was hatte ich gesagt? Haltet euch von hier fern!«

Sollen die drei ??? nach einer Ausrede suchen, um die Situation zu retten? Dann auf zu Seite 9. Auf Seite 90 hingegen sagen sie Mr Derlin die Wahrheit.

16

Kurz darauf polterten Justus und Bob mit lauten Schritten durch den unteren Flur. »Peter?«, fragte der Erste Detektiv außer Atem. »Ist dir … ähm, ist dir was passiert?«

»Das kann man wohl sagen!«, rief der Zweite Detektiv durch die verschlossene Tür. »Wenn ihr wüsstet, was hier los ist!«

»In der … äh … Toilette?«, fragte Bob.

»Nein, eben nicht! Sondern in diesem tollen Badezimmer mit Saunaautomatik und selbsttätiger Scheibenverdunklung. Total der Luxus, aber alles spielt verrückt. Hier war es verflixt dunkel und heiß ist es immer noch!«

»Du willst sagen, es gab Fehlfunktionen?«, fragte Justus.

»Und ob!«, rief Peter. »Die Tür ist immer noch verriegelt. Ich komm nicht raus!«

»Bei mir hat das Bett verrücktgespielt, als ich die Höhe verstellen wollte«, sagte Bob. »Fuß- und Kopfteil sind immer weiter hochgefahren und ich wurde fast dazwischen zerquetscht. Und als Justus –«

»Könnt ihr mich vielleicht zuerst rausholen und dann erzählen?«, fuhr Peter dazwischen.

Hastig drehte Bob den Türknauf von außen, aber nichts tat sich. »Das sagst du so einfach. Wir –«

»Ich habe eine Idee«, unterbrach Justus. »Wartet hier!«

»Mir bleibt wohl kaum was anderes übrig«, hörte er Peter noch meckern, dann eilte er aus dem Haus.

In welcher Richtung müssten sich die Leute befinden, die er von oben durchs Fenster gesehen hatte? Ob das wirklich andere Testpersonen waren? Der Erste Detektiv orientierte sich kurz, eilte dann los und wurde fündig. Zum Glück unterhielten sich die drei immer noch: der geschniegelte Anzugtyp, die schmuckbehängte Frau und das schwarzhaarige Mädchen. Von Nahem besehen schätzte Justus, dass es doch eher ungefähr im Alter der drei ??? war und nicht schon älter, wie er beim Blick aus dem Fenster vermutet hatte.

»Na, wen haben wir denn da?«, begrüßte die Grauhaarige Justus überschwänglich und klatschte dabei in die Hände. »Junges Blut in dieser Hightech-Umgebung! Du passt viel besser hierher als ich alte Schachtel!« Sie lachte so laut und impulsiv, dass ihr ganzer Oberkörper bebte und die Halsketten klimperten. »Na, komm her!«, rief sie, eilte gleichzeitig auf Justus zu und umarmte ihn so fest, dass sein Gesicht gegen ihren Hals gequetscht wurde. Das verschlug sogar dem Ersten Detektiv die Sprache. Als sie ihn wieder losließ, brachte er nur ein wenig intelligentes »H-hallo« heraus.

Das Mädchen grinste breit.

»Was hat dich in die Smart City verschlagen?«, fragte der Mann. »Ich darf mich vorstellen: Eriq Weaver. Eriq mit ›q‹. Ich weiß, ungewöhnlich.« Er lachte. »Macht sich aber ganz gut in meiner Branche. Ich bin freier Journalist, weißt du?«

»Jetzt schon«, sagte Justus, was das Mädchen zu einem noch breiteren Grinsen brachte. »Und ich beantworte Ihre Frage später gerne. Aber zuerst muss ich Sie alle um Hilfe bitten.«

»Nein, wie aufregend«, rief die alte Dame überkandidelt. »Was ist euch dreien denn passiert?«

»Sie wissen, dass wir zu dritt sind?«, fragte Justus verblüfft. Die Frau zupfte die Ketten über dem Ausschnitt ihres Samtkleides zurecht. »Ich halte mich immer auf dem Laufenden. Genauer gesagt, übernimmt das meine reizende Assistentin für mich. Dafür ist sie ja da. Nicht wahr, Carolyn?«

18

»Sicher, Mrs Bunbury«, sagte das Mädchen offenbar genau das, was von ihm erwartet wurde. Es wickelte die Spitzen seiner langen, glatten Haare um den linken Zeigefinger.

»Aber ich habe mich ja noch gar nicht vorgestellt«, sagte die ältere Dame. »Aisha Bunbury. Und auch wenn unser Freund von der Presse noch so sehr betont, dass sein Name auffällig sei, so ist meiner noch viel auffälliger!« Wieder lachte sie lauthals, als wäre sie nach all den Jahren von ihrem eigenen Namen immer noch begeistert. Wahrscheinlich war sie das sogar. »Nicht wahr, Carolyn?«

»Sicher, Mrs Bunbury.« Das Mädchen wandte sich an Justus. »Aber wo brauchst du …«

»Jaja«, fiel ihre Chefin ihr ins Wort. »Ganz richtig, Carolyn. Ist sie nicht reizend? Also, du armer Junge. Wieso brauchst du Hilfe?«

Carolyn sah resigniert aus, als wäre sie längst daran gewöhnt, derart abgekanzelt zu werden.

Endlich gelang es Justus, von Peters Dilemma zu erzählen. »Mein Freund ist jetzt bei Saunatemperaturen im Badezimmer eingeschlossen«, endete er. »Und Chloe, also dieses Computerprogramm, das das Haus steuert, behauptet, die Tür sei nicht verschlossen und könne deshalb auch nicht entriegelt werden. Ich nehme an, es gibt andere Möglichkeiten, auf die Steuerung des Hauses zuzugreifen, aber wir kennen uns noch nicht aus, weil wir erst vor wenigen Minuten angekommen sind.« Er schaute der alten Dame in die Augen. »Wie Sie ja dank Ihrer reizenden Assistentin sicherlich wissen.«

»Also sowas«, sagte Mrs Bunbury. »Das ist ja schrecklich. Carolyn, findest du nicht auch?«

»Sicher, Mrs Bunbury.«

Der Journalist Eriq Weaver schaute sich um. »Welches ist denn euer Haus? Ich denke schon, dass ich euch helfen kann. Es gibt da eine Art Universal-Fernbedienung.«

»Kommen Sie doch mit«, bat Justus. »Und danke im Voraus für Ihre Hilfe.« Es überraschte ihn nicht, dass nicht nur Mr Weaver, sondern auch Aisha Bunbury ihm nachlief.

Carolyn folgte ebenfalls, schloss schnell zu Justus auf und flüsterte ihm ein »Danke« zu.

»Wofür?«, fragte der Erste Detektiv.

»Du hast mich reizend genannt.«

»Ähm, also, das war nur, weil deine Chefin das immer …«

»Schon klar«, unterbrach sie ihn. »War nur ein Spaß. Aber ich bin wirklich reizend, weißt du? Wie heißt du?«

»Justus Jonas. Und du bist …?«

»Carolyn. Aber das weißt du doch schon.«

»Und dein Nachname?«

»Ich bin so arm, dass ich mir keinen leisten kann«, sagte sie gut gelaunt, kam noch näher an Justus heran und flüsterte ihm ins Ohr: »Oder glaubst du, dass ich sonst bei dem alten Drachen einen Ferienjob angenommen hätte?«

Noch ehe Justus etwas erwidern konnte, erreichten sie das Haus, wo Bob sie bereits ungeduldig erwartete.

Weiter auf Seite 34.

Zitternd wies sich Mrs Goodwin mit Spracheingabe und Augenscan aus und die silberne Aufzugtür schloss sich hinter ihnen. Der Fahrstuhl setzte sich in Bewegung.

Justus, Peter, Stephen, Mr Zimmerman und Mr Derlin blieben zurück.

»Sie entkommt und wir können nichts tun!«, sagte Mr Zimmerman verzweifelt. »Nur hoffen, dass sie Molly nichts tut.«

Justus' Gedanken überschlugen sich. Wenn seine Theorie stimmte, gab es zwei Möglichkeiten: Entweder war Mr Zimmerman der Drahtzieher des Diebstahls – dann spielte er ihnen gerade eine gute Show vor. Oder Mrs Goodwin war die Schurkin – dann hatte sie ein noch besseres Schauspiel hingelegt und entkam soeben mit ihrer Komplizin.

Justus und Peter waren in diesem Kellerraum die Hände gebunden! Sie könnten die beiden Frauen natürlich schnellstmöglich verfolgen – doch wenn Mrs Goodwin nicht die eigentliche Diebin war, befand sie sich als Geisel in Lebensgefahr! Dann durften sie die Verfolgung nicht aufnehmen.

Aber bloßes Abwarten kam für die beiden Freunde nicht infrage! Es musste etwas geben, das sie …

»Stephen!«, rief Peter in diesem Moment. »Können Sie diese Handyblockade nicht abschalten? Bob ist draußen in der Stadt. Er könnte die Diebin mit ihrer Geisel zumindest aus der Ferne verfolgen, wenn wir ihn schnell genug benachrichtigen. Und wir müssen die Polizei alarmieren!«

Der Techniker stellte sich an die aktivierte Arbeitskonsole, legte die Hände auf die leuchtende Glasplatte … und schloss die Augen.

»Was tun Sie?«, fragte Justus.

21

»Ich denke nach«, sagte Stephen. »Die Situation ist alles andere als einfach. Ich kenne mich mit dem System in dieser Zentralanlage nicht aus. Es ist nicht möglich, dass ich …« Er stockte. »Ja klar!« Er riss seinen Universal-Controller aus der Hosentasche. »Damit müsste es gehen.« In fieberhafter Hast jagten seine Finger über die Tasten. »Probiert es jetzt!«

Justus zog sein Handy – und schon piepste es, weil eine Nachricht einging. Sie kam von Bob und sie war ebenso klar wie eindeutig: *Mrs Goodwin ist die Diebin!*

Das sagte alles. Wie immer der dritte Detektiv das herausgefunden hatte, dieses Wissen kam wie gerufen.

Die Geiselnahme war ein Schauspiel gewesen!

Mrs Goodwin musste nicht etwa als Geisel um ihr Leben fürchten – sondern sie lachte sich gerade ins Fäustchen, dass ihr mit ihrer Komplizin auf so raffinierte Weise die Flucht gelungen war.

Justus informierte sofort die anderen.

Mr Derlin legitimierte sich und rief den Aufzug zurück.

Justus tippte Bobs Kurzwahl. Sein Freund ging sofort ran.

»Erster, was ist los? Wo –«

»Die Goodwin ist mit ihrer Komplizin geflohen«, unterbrach Justus. »Wir waren alle hier in der Steuerzentrale und –«

»Ich weiß«, flüsterte Bob. »Carolyn und ich stehen vor der Tür und haben die zwei im Auge! Sollen wir sie verfolgen?«

»Ja, aber vorsichtig, sie sind bewaffnet. Wir kommen jetzt auch raus«, sagte Justus. »Wohin laufen sie?«

»Richtung Gewächshaus. Bis gleich!«

Die Verfolgungsjagd beginnt, schnell zu Seite 130.

»Wagt es nicht, mich aufzuhalten!«, rief die Technikerin, ehe sie auf dem Controller einige Tasten drückte und dann losrannte.

Im selben Moment schrillte ein ohrenbetäubender Alarm los und es wurde erst blendend hell, als die Lampen ihre Helligkeit aufdrehten – und dann stockdunkel, als alle Lichter gleichzeitig erloschen! Den drei ??? tanzten grelle Flecken vor den Augen. Sie blinzelten und starrten wie gelähmt in die Finsternis …

… bis Peter plötzlich aufschrie, als ihn jemand brutal in die Seite stieß.

Er taumelte zur Seite, prallte gegen jemanden und hörte Bob ächzen. Sie knallten auf den Boden. Peter landete auf seinem Freund, rollte zur Seite und stieß sich hart die Schulter.

Die Tür wurde aufgerissen. Im Zwielicht draußen war kurz die Silhouette der fliehenden Technikerin zu sehen, dann flog die Tür wieder zu.

Derweil heulte der Alarm weiter und verhinderte jeden klaren Gedanken. Justus stolperte durchs Dunkel und hielt sich dabei die Ohren zu.

»Stell doch mal jemand den Alarm ab«, rief einer der Techniker. Es rumpelte und offenbar stürzte noch jemand.

Peter kam wieder auf die Füße, wollte der Technikerin hinterher, doch als er sich zur Tür vorgetastet hatte und nach der Klinke fasste, überlief es ihn kalt. Sie war verschlossen, offenbar von der Flüchtenden mithilfe ihres Controllers verriegelt.

Verflixt, wieso hatten sie sich nicht auf sie gestürzt, ehe sie geflohen war? Nur weil sie das Ding hochgehalten hatte wie einen Bombenzünder, hieß das doch nicht, dass sie damit etwas wirklich Gefährliches hätte anrichten können! Obwohl die drei ??? gerade einen waghalsigen Bluff durchgezogen hatten, waren sie auch umgekehrt von ihrer Gegnerin ausgetrickst worden. Nachdem sie kurz die Nerven verloren hatte, hatte sie erstaunlich kühl und logisch reagiert.

Peter rüttelte an der Tür.

Vergeblich.

Endlich verstummte der Alarm und auch das Licht im Supermarkt ging wieder an. Stephen Robertson hielt ebenfalls einen Controller in der Hand und hatte offenbar auf das System zugegriffen.

»Entriegeln Sie die Tür!«, rief Peter. »Schnell!«

»So einfach geht das nicht«, sagte Mr Robertson. »Ich muss mich neu in …«

»Moment«, rief Joey Frederik. »Ich hab's!«

Mit einem Klacken löste sich die Verriegelung. Der Zweite Detektiv riss die Tür auf und hastete ins Freie. Verflixt, keine einzige Straßenlaterne in der Umgebung brannte mehr! Offenbar war es der Flüchtenden gelungen, der ganzen Gegend den Strom abzudrehen.

Peter lauschte in die Dunkelheit.

Nichts.

Die Technikerin konnte überallhin geflohen sein und sie war längst zu weit entfernt, um ungezielt nach ihr zu suchen. Sie einzuholen war unmöglich. Da gab sich Peter ebenso wenig Illusionen hin wie seine beiden Freunde, die kurz darauf zu ihm kamen.

Die Diebin war entkommen!

Immerhin, sie hatten die Schuldige enttarnt und natürlich kannten ihre Kollegen den Namen der Technikerin. Sie würde untertauchen müssen, aber ob ihr das so schnell gelingen würde?

»In diesem Fall müssen wir uns wohl damit zufriedengeben, die bestmögliche Vorarbeit geleistet zu haben, und an die Polizei übergeben«, sagte Justus. Er klang nicht sonderlich begeistert.

Auch Bob ließ die Schultern hängen.

Aber ihre Enttäuschung hielt nicht lange an. Es gab ein weiteres Rätsel zu lösen, einen weitaus gefährlicheren und brisanteren Fall. Jetzt hieß es alles oder nichts – und mit diesem Stachel im Rücken würden die drei ??? nun in Sachen Spionage und Einbruch ins Hauptsteuerzentrum der denkenden Stadt alles aus sich herausholen!

Und du bist dabei, weiter auf Seite 74.

»Das Risiko ist wirklich überschaubar«, sagte Justus. »Eine Testfahrt ist wichtig, um das Lebensgefühl in der Smart City besser zu verstehen.«

»Gut, Kollegen! Fragen wir Stephen, wenn er aus dem Bad zurückkommt.«

Sie mussten nicht lange warten. Der Techniker wollte ihnen gern behilflich sein und führte sie direkt zu einem *Wagenpark*, wie er es nannte. Der lag nicht weit vom Haus der drei ??? entfernt. Auf einem von hohen Hecken umgebenen Platz standen dort etwa ein Dutzend Autos. Mehrere Laternen erhellten das Areal.

»Natürlich sind die Unfallwagen nicht im Umlauf«, sagte Stephen. »Wenn ihr die sehen wollt, ruft mich später an. Das könnt ihr auch jederzeit tun, wenn ihr sonst etwas wissen wollt. Zondo hat mich gebeten, immer ein offenes Ohr für euch zu haben.« Er grinste. »Wobei ich euch sagen muss, dass nach elf Uhr am Abend meine Ohren zwar immer noch offen sind, aber nicht unbedingt meine Augen, kapiert?«

Die drei ??? grinsten. »Klar doch«, meinte Peter. »Um die Zeit werden wir hoffentlich auch selig schlummern.«

»Die Wagen funktionieren über Sprachsteuerung. Ihr habt eure Ausweiskarten dabei? Damit könnt ihr ein Auto öffnen und im Inneren einfach Sprachkommandos geben. Natürlich funktioniert das System nur innerhalb der Smart City. Außerhalb der Stadtgrenze bleiben die Autos sofort stehen, bis jemand das Steuer übernimmt.« Stephen schaute auf die Uhr. »Wir sehen uns! Ich muss erst mal zurück an meine normale Arbeit.« Er eilte davon.

»Na, dann versuchen wir's doch gleich mal«, sagte Justus, holte seine Berechtigungskarte und hielt sie an einen Sensor an der Autotür. Es klackte und die Tür öffnete sich langsam. Der Erste Detektiv setzte sich auf den Fahrersitz, Peter stieg von der anderen Seite ein und Bob nahm auf der Rückbank Platz.

»Losfahren!«, sagte Justus bestimmt.

Eine Computerstimme antwortete ihm. »Bitte nennen Sie ein Ziel.«

»Klingt nicht so nett wie Chloe«, flüsterte Peter.

»Wenigstens sagt sie Bitte«, meinte Bob.

Der Erste Detektiv grinste. »Einmal quer durch die Stadt zum gegenüberliegenden Ende der Smart City. Bitte.«

»Sehr wohl. Genießen Sie die Fahrt«, wünschte die Stimme und der Wagen rollte vom Parkplatz. In gemütlichem Tempo ging es an unbewohnten Häusern vorbei. Auch das Gewächshaus passierten sie und das Gebäude daneben, das tatsächlich ein Supermarkt war, wenn auch noch komplett leer.

Die Fahrt verlief völlig reibungslos.

»Das da drüben scheint eine Schule zu sein«, meinte Peter.

»Zweifellos«, stimmte Justus zu. Auch in einer Smart City sah eine Schule eben wie eine Schule aus.

Der Wagen stoppte wenig später am Ende einer der Hauptstraßen vor einem geschlossenen Tor, durch das es aus der denkenden Stadt hinausging. Dahinter konnten die drei ??? Felder erahnen.

Justus stieg aus. »Schauen wir uns hier mal um«, meinte er. Seine Freunde folgten.

Zwei Häuser weiter kam gerade ein junger Mann ins Freie. Er trug rote Shorts und ein grasgrünes T-Shirt. Auf neongelben Turnschuhen wippend, kam er auf die drei Jungen zu. »Neue

27

Gesichter!«, rief er ihnen entgegen. »Wie interessant! Ich hoffe, ihr hattet eine gute Anreise. Ich bin Richie Harmon. Willkommen in dieser verrückten Stadt!«

Auch die drei ??? stellten sich vor. »Wir sind in der Tat heute erst angekommen«, sagte Bob. »Woher wissen Sie das?«

»Hier passiert nicht viel, ohne dass es sich rumspricht. So viele Leute sind ja nicht hier, richtig? Klar, Richie!«

Justus brauchte einen Moment, um zu begreifen, dass sich der Mann quasi selbst geantwortet hatte. Er ließ sich seine Verwunderung nicht anmerken.

»Habt ihr eine Probefahrt mit dem Auto gemacht?«, redete Mr Harmon munter weiter drauflos. »Tolle Sache, oder? Das Sensorennetz, auf das die Wagen zugreifen, ist in der Stadt lückenlos. Alles läuft im zentralen Rechnerraum zusammen, aber auch dort funktioniert das Autopilotsystem völlig selbstständig. Ein Mensch könnte nur darauf zugreifen, wenn es einen Notfall gibt, einen für eine Maschine unlösbaren Steuerkonflikt.«

»Sie scheinen sich ja gut auszukennen«, sagte Bob.

»Kunststück! Ich bin sozusagen ein Technikfreak. Hab an der einen oder anderen Stelle als Berater für die Stadtentwicklung gearbeitet. Und ich war gut, richtig? Klar, Richie!« Er grinste breit.

»Wodurch werden die Autos intern gesteuert?«, fragte Justus. »Also, ich meine, gibt es eine Art zentralen Computerchip oder so etwas?«

Richie nickte. »Klar! Der sitzt neben dem Lenkrad, dort läuft alles zusammen. Abstandssensoren, mehrfach gesicherte Empfangsantenne, Navigationssystem und so weiter.«

»Könnte man diesen Chip … manipulieren?«, bohrte der Erste Detektiv weiter.

Richie kratzte sich am Ohr. »Was ist denn das für eine Frage? Klar könnte man das. Man kann alles manipulieren. Aber warum sollte man?«

»Ach, nur so ein Gedanke«, sagte Justus.

»Na, dann«, meinte Richie. »Ich lauf jetzt mal los, 'ne Runde joggen. Das hält fit, richtig? Klar, Richie!«

Die drei ??? sahen ihm nach, wie er die Straße hinunterlief, und schlenderten dann hinterher, um sich in diesem Wohnviertel umzusehen. Die Häuser hier schienen jeweils mehrere kleine Wohnungen zu enthalten, aber außer Richies entdeckten sie kein weiteres, das bewohnt aussah.

Sie stiegen wieder in ihr Auto und gaben den Befehl, zurück zum Ausgangspunkt zu fahren. Auch das lief problemlos.

»Ein Computerchip«, sagte Justus unterwegs. Es irritierte ihn schon ein wenig, dass sich das Lenkrad vor ihm selbstständig bewegte. »Das erhärtet doch den Verdacht, dass der Unfall auf einen Sabotageakt zurückgehen könnte.«

»Für den jemand den Chip manipuliert hat«, meinte Peter.

»Das sollten wir im Hinterkopf behalten«, schlug Bob vor. »Außerdem müssen wir weiter Eindrücke sammeln. Ich würde mir gern mal das Gewächshaus ansehen. Sollen wir Stephen fragen, ob er uns darin herumführt?«

»Klar!«, antwortete Justus und rief bei dem Techniker an.

Weiter auf Seite 67.

29

Peter zwang sich zur Ruhe.

Vielleicht würde die Hitze nachlassen, wenn er sich von der Saunakabine entfernte. Er wankte langsam in die entgegengesetzte Richtung – falls er nicht längst jede Orientierung verloren hatte. Bald stießen seine ausgestreckten Hände gegen die Wand.

Nein – nicht die Wand. Das fühlte sich anders an, glatter und … ja klar, das war eine Fensterscheibe. Aber wieso in aller Welt war es so völlig dunkel? War ein Rollladen lautlos heruntergelassen worden? Aber so abrupt, wie es Nacht geworden war, passte das einfach nicht.

Er klopfte dagegen. Hatte sich die Scheibe selbsttätig verdunkelt? Davon hatte er schon mal gehört und zur topmodernen Smart City würde das natürlich gut passen. Eigentlich war das ja komfortabel.

Eigentlich.

Wenn es denn funktionieren würde!

Da kam ihm eine Idee.

»Chloe«, sagte er und kam sich noch bescheuerter vor als vorhin bei seinem Hilferuf. »Schalte das Licht im Badezimmer im Erdgeschoss an!«

»Sehr gerne«, ertönte die weiche Frauenstimme des Hauscomputers. »Allerdings hält sich dort niemand auf. Es wäre Energieverschwendung. Soll das Licht wirklich eingeschaltet werden?«

»Ja!«, rief Peter wütend. »Ich bin nämlich sehr wohl da drin! Und wo du gerade beim Thema Energieverschwendung bist: Stell die Sauna aus!«

»Die Saunaautomatik ist nicht aktiv«, behauptete Chloe. Wenigstens ging das Licht an. Die Hitze blieb unverändert. Aus der offen stehenden Saunakabine quoll weiterhin süßlich duftender Nebel.

»Soll ich auch die Verdunkelung der Fenster zurücknehmen?«, fragte die Computerstimme.

»Tu das!« Peter sah zu, wie sich die Scheiben entfärbten – von Pechschwarz über ein immer heller werdendes Grau –, bis sie schließlich wieder wie herrlich helles, leicht gemustertes blickdichtes Glas aussahen.

Er ging zur Tür und drehte den Knauf. Nach wie vor verschlossen. »Öffne die Tür des Badezimmers«, forderte er.

»Sie ist nicht verschlossen«, sagte Chloe höflich.

Ich hasse die Smart City jetzt schon, dachte der Zweite Detektiv, *hier kann man wohl kaum von kleinen Pannen reden.*

Oder hatte er einfach nur totales Pech? Er hämmerte gegen die Tür und rief nach seinen Freunden. Sie waren doch im Haus, warum hörten sie ihn denn nicht?

Weiter geht's auf Seite 17.

»Also, ich weiß nicht«, meinte Peter, Bob fuhr fort: »Sie kommen daher, machen ein paar windige Andeutungen und nennen Ihren Auftraggeber nicht beim Namen«, und Justus vollendete: »Unsere Arbeit basiert auf Vertrauen, diese Grundlage sehe ich hier nicht gewährleistet. Nein!«

»Oh.« Currie Gray-Elizondo alias Zondo erhob sich ruckartig. »Na, wenn das so ist. Also, das hätte ich nicht gedacht nach allem, was mein Auftraggeber mir über euch erzählt hat. Nun gut, ich will euch nicht zur Last fallen.« Er verließ schnurstracks erst die Veranda, dann den Schrottplatz.

Die drei Jungen machten ihrem Namen alle Ehre: Auf ihren Gesichtern standen große Fragezeichen.

»Irgendwie«, sagte Peter, »ist das seltsam gelaufen.«

»Da kann ich dir nicht widersprechen«, meinte Bob.

Justus sah dem Mann sprachlos hinterher.

Den drei Freunden blieb nichts anderes übrig, als weiter den Schrottplatz aufzuräumen. Darüber war Tante Mathilda zwar hellauf begeistert, aber über die denkende Stadt und ihre Hintergründe erfuhren die drei ??? nie etwas. Was sie da alles verpassten …

Das war wohl der kürzeste Fall der drei ??? in der Geschichte ihres Detektivunternehmens. Genau gesagt, war es überhaupt kein Fall.

Ein Detektiv sollte schon ein bisschen aufgeschlossener sein. Also: Nur Mut, zurück zu Seite 112 und dann mit Abenteuerlust hinein in die denkende Stadt!

Justus schaute Peter an. »Okay, Zweiter! Wenn ich dich so ansehe, ist Ausruhen vielleicht die bessere Idee!«

Peter war verblüfft, dass der Erste Detektiv ihm zustimmte. Bob war über die Entscheidung keineswegs unglücklich. Also zogen sich die drei ??? ins Obergeschoss zurück. Peter staunte über den großen Raum mit der Panoramaaussicht und den vielen Ruhemöbeln. »Da weiß man gar nicht, wo man es sich zuerst gemütlich machen soll.«

»Ich kann nur vor dem Bett warnen«, sagte Bob und ließ sich in einen der Sitzsäcke fallen. »Mann, ich habe Riesenhunger. Chloe, ich hätte gern Chips und eine kalte Limo!«

»Na, ob du die Gute damit nicht ein bisschen überforderst?«, meinte Justus, während sich direkt neben Bobs Füßen ein kleiner Tisch mit einem breiten Sockel aus dem Boden erhob. Dieser ließ sich zur Seite aufklappen und offenbarte rechts ein Kühlfach mit mehreren Getränkeflaschen und links ein Regal mit einer großen Auswahl an Knabbereien.

»Danke, Chloe!«, sagte der dritte Detektiv grinsend und sah seine Freunde äußerst zufrieden an. Mit Essen und Trinken versorgt streckten sich dann auch Justus und Peter aus. Nach der Fahrt und der ganzen Aufregung tat ihnen die Ruhepause gut. Irgendwann fing Bob zu schnarchen an, und das erstaunlich laut. Für seine Freunde war es mit der Erholung vorbei – erst recht, als Justus' Handy klingelte. Der Erste Detektiv zog das Telefon aus der Hosentasche und erkannte sofort die angezeigte Nummer. »Das ist Zondo!«

Weiter auf Seite 77.

Im Eingangsbereich herrschte nun ein ganz schönes Gedrängel – fünf Personen versammelten sich vor der Badezimmertür. Unter den ungeduldigen Blicken von Justus, Bob, Carolyn und Mrs Bunbury öffnete der Journalist Eriq Weaver zielstrebig die oberste Schublade eines kleinen Schränkchens, in der sich ein Gegenstand befand, den man auf den ersten Blick für den Controller einer Spielkonsole halten konnte.

Es gab darauf jede Menge flache Knöpfe, ein Sensorfeld und in der Mitte einen kleinen Bildschirm, der momentan allerdings abgeschaltet war.

Mr Weaver nahm das Gerät in beide Hände. »Das ist die Universal-Fernbedienung des Hauses«, erklärte er. »Natürlich gibt es einen schlauen Namen dafür, aber wir nennen sie eigentlich nur den *Butler*. Neben der Sprachsteuerung der Anlagen im Haus ist das das wichtigste Werkzeug für den Alltagsgebrauch.« Er fing an zu lachen. »Ich klinge wie aus einem Werbeprospekt. Egal. Man aktiviert den Butler hier, seht ihr?« Er drückte mit dem rechten Daumen auf den Sensor.

Der Bildschirm erwachte flackernd zum Leben.

»*ÜBERPRÜFE ALLE SYSTEME*«, erschien in Großbuchstaben darauf.

»Wenn euer Freund Glück hat«, sagte Mr Weaver, »findet die Anlage den Fehler von selbst.«

Nun lief ein kleiner Countdown auf dem Bildschirm ab. Zehn, neun, acht … bei sieben stockte es kurz, um wieder zur Zehn zu springen und von Neuem zu beginnen. Diesmal lief es glücklicherweise glatt durch bis zur Null.

»*1 FEHLER ENTDECKT*«, leuchtete auf dem Bildschirm auf, »*INITIIERE NEUSTART.*«

»Guten Tag«, ertönte plötzlich Chloes Stimme. »Wie geht es euch? Ich bitte alle möglichen Unstimmigkeiten zu entschuldigen.«

»Die Tür des Badezimmers im Erdgeschoss ist verriegelt«, sagte Justus. »Bitte öffne sie.«

Es klickte. Keine Sekunde später stürzte Peter mit rotem Kopf aus dem Raum. Eine Hitzewelle schwappte hinter ihm her. Der Zweite Detektiv atmete tief durch, sah die Versammlung der vielen Leute und schlüpfte rasch in das T-Shirt, das er in den Händen hielt. »Sauna«, sagte er beiläufig. »Verflixt heiß!«

Justus bedankte sich bei Eriq und komplimentierte ihre drei Besucher nach draußen. Carolyn ging als Letzte. »Du riechst nach Himbeeren«, flüsterte sie Peter zu. Der schaute sie verblüfft an, bis sie die Haustür hinter sich zuzog.

»Und jetzt?«, fragte Bob.

»Ausruhen!«, rief der Zweite Detektiv erschöpft, während Justus gleichzeitig freudestrahlend »Die Stadt erkunden!« zum Besten gab.

Und wie entscheidest du dich? Auf Seite 33 gönnst du den Jungs eine Pause, während sie auf Seite 86 durch die denkende Stadt streifen.

35

Die drei ??? berieten sich.

»Erinnert ihr euch an die Bilder, die Zondo uns auf seinem Laptop gezeigt hat?«, fragte Bob.

»Nur zu deutlich!«, sagte Justus. »Die waren durchaus besorgniserregend zu nennen.«

»*Durchaus besorgniserregend?!*«, fragte Peter. »Ich nenne sie erschreckend!«

»Zondo hat gesagt, so was dürfte eigentlich nicht noch einmal vorkommen, aber lasst uns Risiken generell vermeiden, bis wir uns hier besser auskennen«, sagte Justus.

Deshalb beschlossen sie, zunächst auszunutzen, dass Stephen sie vielleicht zu dem einen oder anderen markanten Punkt in der Smart City führen konnte.

Als der Techniker aus dem Badezimmer zurückkam, baten sie ihn, mit ihnen zum Gewächshaus zu gehen.

»Hm, wartet mal«, sagte er. »Ich muss rasch telefonieren. Bin gleich wieder da.« Schon auf dem Weg zur Haustür zog er ein Handy und tippte offenbar eine Kurzwahltaste. Er schloss die Tür hinter sich und die drei ??? schauten sich ein wenig ratlos an.

Nur wenig später kam Mr Robertson zurück. »Also, Jungs, ich … ähm, also ich konnte im Badezimmer euer Gespräch mit anhören. Ihr wollt also keinerlei Risiko eingehen? Eine Probefahrt kommt euch zu gefährlich vor? Ich habe mit Zondo telefoniert und ihn gefragt, was er davon hält. Ob ihr wirklich die richtigen Testbewohner seid.«

Die drei ??? rangen nach Worten, vor allem Justus, der äußerst ungern dabei ertappt wurde, hasenfüßig zu sein.

Bob brachte schließlich auf den Punkt, was sie dachten: »Ich weiß auch nicht, was uns da geritten hat. Entschuldigung, wir sind eigentlich überhaupt nicht risikoscheu. Können wir ja auch gar nicht sein als Detektive. Das Risiko bei so einer Testfahrt ist wirklich überschaubar.«

Die beiden anderen nickten nachdrücklich.

Stephen nickte. »Schon besser! Zondo bat mich, euch den dringenden Tipp zu geben, in Zukunft nicht mehr so vorsichtig zu sein, wenn ihr den Job behalten wollt. Aber ihr seid noch im Spiel! Also – eine Testfahrt? Schließlich wollt ihr doch verstehen *und* erleben, wie die Stadt funktioniert, oder?«

»Danke, sehr freundlich«, sagte Bob.

»Vergesst es. Wir tun einfach so, als wäre das nie passiert!«

Damit geht es für dich zu Seite 26, wo du auch gelandet wärst, wenn du dich vorhin für die Testfahrt entschieden hättest. Ein guter Detektiv vermeidet zwar unnötige Risiken, aber zu vorsichtig darf er auch nicht sein. Also folgen wir dem guten Rat von Stephen Robertson und tun so, als wäre das nie passiert ...

»Äh, hallo, Mr Zhào … ich … habe mich verirrt«, sagte Justus. Ihm war sofort klar, wie bescheuert das klang. Und noch mehr hätte er sich auf die Zunge beißen können, weil er den Chinesen beim Namen genannt hatte.

»Du hast dich verirrt?«, fragte der Chinese. Zhào Qiaozhis Stimme klang hell. Sein Englisch war völlig akzentfrei. »Hierher? An mein Fenster? Und kennst meinen Namen?«

»Ich …« *Reiß dich zusammen, Justus!* »Ich suche unser Haus. Wir sind zu dritt in die Stadt gekommen, gestern. Aber die Gebäude sehen sich so ähnlich.«

»Du willst mich wohl auf den Arm nehmen?«, fragte Mr Zhào. »Weißt du, es gibt so einige Vorfälle in der Stadt, bei denen es nicht mit rechten Dingen zugeht. Und du, mein junger Freund, passt da perfekt hinein. Warte hier! Und wag nicht, wegzulaufen. Ich bin schneller als du!« Er entließ Justus aus seinem schraubstockartigen Griff.

»Was haben Sie vor?«, fragte der Erste Detektiv.

»Ich rufe Mr Gray-Elizondo an und sage ihm, dass ich da einen höchst verdächtigen jungen Mann entdeckt habe.«

Justus wäre am liebsten im Boden versunken. »Das ist nicht nötig. Zondo kennt uns. Er hat uns …«

»Das kannst du ihm gleich selbst erzählen.« Der Chinese zückte ein Handy und wählte eine offensichtlich gespeicherte Nummer.

Es dauerte nicht lange, bis der Gesprächspartner ranging. »Mr Gray-Elizondo, gut, dass ich Sie erwische. Sind Sie noch in der Stadt?« Pause. »Ja, genau.« Pause. »Ich hab hier einen Jungen, der mich ziemlich dreist und ziemlich dilettantisch anlügt. Ganz zu schweigen davon, dass er noch drei Spießgesellen hat, die sich vor meinem Grundstück herumtreiben und denken, ich hätte sie nicht gesehen.«

Die Worte trafen Justus hart. Verflixt, warum war er vorhin nicht ehrlich gewesen, als er entdeckt worden war? Mit einem vernünftigen Gespräch hätte sich alles viel leichter klären lassen! »Wir wollten nur …«, setzte er an.

Der Chinese winkte ab. »Können Sie vorbeikommen?«, fragte er ins Handy. Und wenig später: »Ja, danke. Ich achte darauf, dass die Burschen und das Mädchen nicht abhauen!«

»Da brauchen Sie sich keine Sorgen zu machen«, sagte Justus kleinlaut. »Ich kann das alles erklären. Woher wissen Sie eigentlich von meinen Freunden?«

»Dies ist eine durch und durch technisierte Stadt, schon vergessen? Als du auf meinem Grundstück herumstolziert bist, hast du einen Alarm ausgelöst. Ich konnte dank einiger Kameras am Haus auch die Umgebung einsehen. Hübsches Mädchen habt ihr dabei, aber das hilft euch auch nichts, wenn ihr im Jugendgefängnis landet!«

So weit kam es natürlich nicht. Zhào Qiaozhi ließ sich von Zondo erklären, was es mit den Jungen auf sich hatte, und war danach besänftigt. Zondo entschied aber nach Rücksprache mit seinem Auftraggeber, dass die drei ??? in diesem Fall nicht die Richtigen waren. Sie hatten sich allzu auffällig verhalten und mit Mr Zhào einen wichtigen Journalisten verärgert, was für die Außenwirkung der Smart City schädlich sein konnte. Sie wurden noch am selben Tag nach Hause geschickt und die Rätsel der denkenden Stadt blieben ungelöst.

»Was ist denn hier los?«, rief Stephen. »Ich muss sofort die Wasserzufuhr stoppen!« Er zog eine Fernbedienung aus seiner Hosentasche. Sie ähnelte dem Gerät, das die Funktionen im Haus der drei ??? steuerte, nur war sie viel kleiner. Hektisch begann er, Knöpfe zu drücken. Nichts passierte. Er versuchte weitere Tastenkombinationen, aber ohne Erfolg. Schließlich rannte er das endlos lange Beet entlang, bückte sich alle paar Meter und stellte mit einem Hebel das Wasser für den jeweiligen Beetabschnitt ab. Auf dem Rückweg wollte er im Paprikabeet das Wasser anstellen, was aber nicht funktionierte. Stephen fluchte, dann schnappte er sich eine Gießkanne und goss Ladung für Ladung die ganze lange Pflanzenreihe per Hand.

Derweil studierte Bob die kleinen Informationsschildchen an den Pflanzen, Justus hatte einen Strauch Himbeeren entdeckt und futterte genüsslich, während Peter die Schmetterlinge bestaunte, die überall auf den Blüten hockten.

Außer Atem kam Stephen zu ihnen zurück. »Mist! Viel Wasser für die Tomaten, wenig für die Paprika ist –«

»… genau falsch rum, klar«, vollendete Justus wissend.

»Steht auch hier auf den Schildern«, ergänzte Bob.

»Und warum helft ihr mir nicht? Ihr seid ja wohl kaum die Richtigen für den Job hier. Das war's, Jungs, ich sage Zondo Bescheid, er wird euch wieder nach Hause bringen!«

Einfach abwarten und jemand anderen machen lassen war wohl nicht die beste Entscheidung. Darum endet der Fall für die drei ??? hier. Für's nächste Mal: Sei aktiver!

»Wir beschatten ihn heimlich«, schlug Peter vor. »Um zu sehen, was das für ein Typ Mensch ist. Er wird sich kaum verdächtig verhalten, wenn wir bei ihm auftauchen und ihm Fragen stellen. Das können wir später immer noch, wenn wir uns einen Eindruck verschafft haben.«

»Wann geht's los? Ich kann euch zeigen, wo Mr Zhào wohnt«, sagte Carolyn. Sie wickelte ihre Haare um den Zeigefinger und die Aufregung stand ihr ins Gesicht geschrieben.

»Okay, du sagst uns, wo dieser Mr Zhào wohnt«, sagte Bob. »Dann übernehmen wir die Sache. Nichts gegen dich, aber wir arbeiten zu dritt.«

Das Mädchen verschränkte die Arme vor der Brust. »Aber um einen Hinweis zu geben, bin ich gut genug, ja?«

»Darum geht es nicht«, stellte Justus klar. »Aber die drei ??? sind nun mal –«

»Die drei ???«, unterbrach Carolyn. »Was soll das heißen?«

»So nennen wir uns«, erklärte der Erste Detektiv. »Ich wollte dir ja vorhin unsere Visitenkarte geben, aber du hast abgelehnt. Willst du vielleicht jetzt –«

»Auch abgelehnt!«, fiel Carolyn ihm erneut ins Wort. »So, wie ich es gerade von euch wurde.«

»Ach, komm, sei nicht so!«, sagte Peter, der keine Lust auf Streit hatte. »Also, zeigst du uns das Haus?«

»Na gut.« Carolyn stand auf und grinste breit. »Aber dann solltet ihr mich nicht wegschicken. Sonst muss ich euch heimlich beobachten, während ihr heimlich Mr Zhào beobachtet. Das klingt sehr kompliziert, oder?«

»Okay«, lenkte Justus ein. »Aber du bleibst nah bei uns.«

»Denkst du, ich bin so doof, dass er mich sonst bemerkt?«

41

»Ich gehe lediglich davon aus, dass du nicht sonderlich viel Erfahrung darin hast, andere Menschen zu observieren.«

Carolyn sah den Ersten Detektiv mit hochgezogenen Augenbrauen an, ehe sie aus dem Haus ging.

Sie machten sich zu viert auf den Weg. Unterwegs dröhnte aus einem Gebäude laute Rockmusik und für einen Augenblick tauchte ein winkender Eriq Weaver hinter dem Fenster auf. An einer Kreuzung bog Carolyn rechts ab und überquerte einen runden Wiesenplatz mit einem Springbrunnen in der Mitte. Schließlich sagte sie: »In diesem Viertel wohnt Mr Zhào.«

Schon von Weitem war eindeutig zu sehen, welches der Häuser, auf die sie zugingen, bewohnt war. Aus den Fenstern im Obergeschoss ragten Stangen, an denen Wäscheteile an der frischen Luft trockneten: eine silbergraue Hose, ein blaues Hemd, einige Socken und Waschlappen.

»Ist das das Haus?«, fragte Peter.

»Ja, er hat immer seine Wäsche draußen«, sagte Carolyn.

»Eine typische Eigenart der Chinesen«, dozierte Justus. »Wäsche muss für sie im Freien trocknen.«

»Wir müssen uns irgendwo verstecken«, sagte Peter. »Es gibt hier kaum Deckung. Schade, dass der Springbrunnen so weit weg ist.«

»Müssen wir nicht erst mal herausfinden, ob das Objekt überhaupt zu Hause ist?«, fragte Carolyn.

»Das Objekt?«, wiederholte Bob. »Meinst du Mr Zhào?«

»Sagt man das nicht so in … in Detektivkreisen?«

Sie kamen nicht dazu, weiter darüber zu sprechen, weil Justus sich einmischte: »Lassen wir das jetzt! Ich gehe zum Haus und versuche herauszufinden, ob er da ist. Denn Carolyn hat recht, das sollten wir wissen, ehe wir uns auf die Lauer legen. Ihr bleibt hier.«

Der Erste Detektiv ging los. Er tat so, als mache er einen harmlosen Morgenspaziergang. Dabei näherte er sich dem Gebäude und versuchte, durch die Fenster ins Innere zu schauen. Doch die Sonne fiel auf die Scheiben und spiegelte sich, was jeden Blick hindurch unmöglich machte.

Justus schaute sich um. Niemand war zu sehen. Er huschte zum Haus, lugte vorsichtig durchs erste Fenster, indem er mit seinen Händen einen kleinen Sonnenschutz bildete. Nichts. An der Wand schob er sich vorsichtig weiter. Unter seinen Füßen knirschten Kieselsteine, die einen schmalen Streifen rund um das ganze Gebäude bildeten. Das zweite Fenster. Wieder nichts. Justus ging um die Ecke und erreichte nun die von der Straße abgewandte Seite. Wenn der Aufbau im Inneren genauso war wie im Haus der drei ???, müsste das erste Fenster dort zum Wohnzimmer gehören.

Er lugte durch die Scheibe …

… und starrte mitten in das Gesicht eines Chinesen! Der Mann riss das Fenster auf und fasste mit einer blitzschnellen Bewegung Justus' Handgelenk. »Was tust du hier?!«

Soll Justus ehrlich antworten? Auf zu Seite 65. Auf Seite 38 erfindet er spontan eine Ausrede.

»Los, Justus, du zuerst«, sagte Mr Derlin zum Ersten Detektiv.

»Danke, Sir«, erwiderte Justus. »Es geht nicht um die Saboteure, sondern um den Diebstahl.«

»Diebstahl«, wiederholte Mr Derlin. »Ja, das ist ein gutes Thema.« Er wechselte einen raschen Blick mit Mrs Goodwin und Mr Zimmerman. Was der wohl zu bedeuten hatte? »Also, was habt ihr zu sagen?«

»Während die Sabotagefälle geklärt sind«, übernahm Bob die Antwort, »sind die Vorgänge rund um den Einbruch und den Diebstahl noch völlig offen.«

»Wir würden dem gern nachgehen und sind zuversichtlich, auch dieses Rätsel lösen zu können«, sagte Peter. »Soweit wir wissen, ist die Polizei noch nicht informiert worden, um möglichst wenig negative Schlagzeilen auszulösen.«

»Sie hatten uns ja nicht als Detektive im eigentlichen Sinn engagiert«, ergänzte Justus, »aber wir würden Sie gern bitten, hier offiziell ermitteln zu dürfen.«

»Einverstanden«, sagte Mr Derlin. »Im Gegenzug habe ich auch eine Bitte. Haltet euch von dem Hauptsteuerzentrum der Smart City fern. Ihr wisst schon, das Gebäude, zu dem ihr keinen Zutritt habt. Es mag … Gerüchte geben, aber ihr habt dort nichts zu suchen. Verstanden?«

»Verstanden«, wiederholte Justus und machte sich gleich gedanklich eine Notiz, auch dieser Sache auf den Grund zu gehen.

Weiter auf Seite 140.

Mr Zhào hatte das Frühstücksgeschirr mittlerweile wegge-räumt, als sie sich wieder zu ihm setzten.

»Wir waren beim Thema selbstfahrende Autos stehen geblie-ben«, sagte Justus. »Sie sagten, dass es in der chinesischen Smart City, über die Sie auch berichtet haben, so etwas nicht gibt?«

»Richtig!«, antwortete Mr Zhào. »Und das vielleicht aus gu-tem Grund. Habt ihr von dem Unfall gehört, der sich neulich ereignet hat? Zwei Wagen sind kollidiert. Zum Glück auf ei-ner reinen Testfahrt ohne Insassen.«

Das ging ja gut los – genau auf diesen Punkt hatten die drei ??? das Gespräch unauffällig lenken wollen. »Davon haben wir in der Tat gehört«, sagte Bob. »Das lässt sich nicht mit den kleinen Fehlern vergleichen, die sonst noch vorkommen, oder? Ist das auch Ihre Meinung, Mr Zhào? Sie kennen sich da besser aus als wir.«

»Falls du mir schmeicheln willst, Junge – das ist nicht nötig.« Der Chinese lachte. »Aber ich kenne mich vermutlich wirk-lich besser mit der Steuerung und deren möglichen Proble-men aus als ihr. Und ich gebe dir recht: Ein solcher Unfall hätte nicht passieren dürfen. Im Alltagsbetrieb später könnte einmal etwas versagen, wenn das System stark belastet ist oder es zu Ausfällen kommt. Aber bei dem Unfall war das nicht so. Alles lief bestens, bis die Wagen plötzlich wie auf Kommando aufeinander zurasten.«

»Wir haben Aufzeichnungen gesehen«, sagte Peter. Er be-schloss, einen Schritt weiter zu gehen. Er hatte ein gutes Ge-fühl dabei. »Und wir haben eine Theorie.«

»Aha. Ich bin gespannt.«

45

Der Zweite Detektiv sah rasch zu Justus. Der nickte unauffällig. »Jemand hat nachgeholfen«, fuhr Peter fort, »und die Steuerchips der beiden Autos manipuliert.«

Der Chinese legte die Fingerspitzen beider Hände vor dem Gesicht zusammen. »Das ist ein schwerer Vorwurf. Und eine sehr kluge Überlegung. Ich denke genau dasselbe.«

»Haben Sie einen Verdacht?«, fragte Bob.

»Habe ich nicht«, stellte Mr Zhào klar. »Und das ist auch nicht meine Sache. Genauso wenig wie eure.« Bei den letzten Sätzen klang er allerdings nicht sonderlich überzeugt.

Peter überlegte, ob er dem Chinesen eine ihrer Visitenkarten geben sollte, wollte aber nicht aufdringlich sein. »Es ist unsere Aufgabe, uns um alle Rätsel in dieser Stadt zu kümmern. Deshalb hat Mr Derlin uns hierhergeschickt.«

»Mehr kann ich dazu leider nicht sagen«, meinte Zhào Qiaozhi. »Aber ich mache euch ein Angebot. Wenn ihr Hilfe braucht, wenn ihr Fragen habt, die ich euch vielleicht beantworten kann, dann kommt zu mir.« Er zückte eine Visitenkarte und drückte sie Bob in die Hand.

Sie bedankten und verabschiedeten sich.

Hast du dich so entschieden, dass sich die drei ??? bereits um den Diebstahl gekümmert und im Supermarkt umgesehen haben? Dann auf zu Seite 49. Waren sie noch nicht dort, geht es auf Seite 131 weiter.

46

Peter rüttelte erneut an der Tür, die sich allerdings nach wie vor keinen Millimeter bewegte. »Justus! Bob! Hört ihr mich?«
Keine Antwort. Wo waren die beiden?
Und wie konnte es nur so absolut dunkel sein? Eben war durch die Fenster noch so viel Licht gefallen!
Meistens gab es ja neben der Tür einen Lichtschalter. Peter tastete über die Wand. Die Fliesen fühlten sich kühl an. Eine Wohltat bei der extremen Wärme im Raum. Einen Schalter fand er allerdings nicht.
Der Zweite Detektiv zwang sich zur Ruhe. Er ärgerte sich, dass er dermaßen panisch war. Dann war es eben dunkel, na und? Die Hitze war allerdings sehr unangenehm.
Oder bildete er sich das ein?
Nein. Es brannte richtig auf dem Gesicht. Er kam sich vor wie in der Sauna.
Die Hitze kam vor allem von rechts. Er wankte durchs Dunkel, tastete sich an der Wand voran in der Hoffnung, irgendwo auf einen Lichtschalter zu stoßen.
Stattdessen stieß er gegen ein Möbelstück. Es rumste und sein Schienbein schrammte über die Seitenkante. »Mist!« Es tat elend weh.
Jetzt hörte er ein zischendes Geräusch. Der Hitzeschwall wurde noch schlimmer. Und roch es hier nach … Himbeere?
Schweiß tropfte ihm aus den Haaren und das T-Shirt klebte auf dem Rücken.
Wieder ein Zischen. Und wieder ein Schwall süßlich-fruchtiger Hitze!
Da begriff er.
Er kam sich nicht nur vor wie in der Sauna … er *war* in einer

47

Sauna! Der Zweite Detektiv rief sich den Anblick des Zimmers ins Gedächtnis, den er ja nur kurz genossen hatte. Natürlich! Neben der Dusche hatte eine hölzerne Kabine gestanden … eine Saunakabine! Waren die Türen offen gewesen? So musste es sein! Die Hitze drang daraus hervor, weil irgendeine Fehlfunktion die Sauna angeschaltet hatte … und das Zischen war das Geräusch, mit dem offenbar automatisch zugefügtes Duftwasser im heißen Aufgussbecken verdampfte! Logischerweise heizte sich deshalb das gesamte Badezimmer noch extremer auf.

Ein neuer Hitzeschwall drang ihm ins Gesicht.

Das durfte doch nicht wahr sein!

Peter schlüpfte aus dem klitschnassen T-Shirt und schleuderte es achtlos zur Seite.

Und jetzt? Soll sich Peter erst mal um das Hitzeproblem kümmern? Dann lies weiter auf Seite 103. Oder irgendwie versuchen, aus dem Badezimmer-Gefängnis zu entkommen? Weiter auf Seite 30.

Nach ihren ereignisreichen Ausflügen kehrten die drei ???
samt Carolyn in ihr Haus zurück, um eine Lagebesprechung
zu halten.

Das Mädchen schaute auf die Uhr und sah zerknirscht aus.
»Ich muss zur alten Bunbury. Mein Dienst geht gleich los.
Wartet, ich übe schon mal: *Sicher, Mrs Bunbury.*« Sie verdreh-
te die Augen.

Die drei ??? verabschiedeten Carolyn – waren allerdings nicht
so zerknirscht wie sie. Es war ihnen nicht ganz unrecht, wieder ohne Anhängsel weiterermitteln zu können.

Sie schnappten sich jeder eine Limoflasche aus dem Kühlschrank und gingen ins Wohnzimmer.

Bob ließ sich auf die bequeme Couch fallen. Peter setzte sich
zu ihm, Justus nahm auf einem Sessel Platz.

»Fassen wir zusammen«, sagte Bob. »Es gibt offenbar drei Probleme. Das erste sind kleinere Schwierigkeiten im Routineab-
lauf, wie die Bewässerung im Gewächshaus. Deshalb sind wir
eigentlich hier, aber das können wir schon fast vernachlässigen. Außerdem betreibt irgendjemand Sabotage … und jetzt
kommt auch noch der Diebstahl dieser einerseits unfassbar
wertvollen und andererseits total nutzlosen Steuereinheit im
Supermarkt hinzu.«

»Glaubst du, zumindest Sabotage und Diebstahl hängen zusammen?«, fragte Peter.

Justus schüttelte langsam den Kopf. »Nein. Wobei es natürlich nicht ausgeschlossen ist. Ins Bild hätte dann aber eher
gepasst, dass die Steueranlage manipuliert worden wäre.«

Der dritte Detektiv entdeckte einen Knopf in der Armlehne,
wägte kurz ab und drückte ihn dann mutig. In der Hinter-

wand der Couch aktivierte sich eine Massagefunktion, die nun angenehm seinen und Peters Rücken knetete. »Das bringt mich auf einen Gedanken bezüglich der Sabotage«, sagte der dritte Detektiv.

»Ich bin gespannt«, meinte Justus, der nun ebenfalls nach einem Massageknopf in seinem Sessel suchte und fündig wurde.

»Gehen wir mal davon aus, dass der Saboteur jemand ist, der hier in der Stadt wohnt«, sagte Bob. »Also vorübergehend, so wie wir auch.«

»Das liegt nahe«, stimmte Peter zu. »Oder jemand, der hier arbeitet. Sonst müsste er sich als Fremder in die Stadt schleichen und könnte auffallen. Ist er jedoch offiziell hier, bleiben ihm Zeit und Gelegenheit, im richtigen Moment zuzuschlagen.«

»Genau«, nahm der dritte Detektiv den Faden wieder auf. »Wer könnte Interesse daran haben, die Stadt zu sabotieren? Wir haben an einen Konkurrenten gedacht, also an jemanden, der mit einer anderen Smart City Geschäfte macht oder machen will. Sicher gibt es noch andere Motive, aber bevor wir da weiterdenken, muss ich erst mal eine Idee loswerden.«

»Nämlich?«

Bob verschränkte die Hände im Nacken. »Wir könnten dem unbekannten Verbrecher eine Falle stellen!«

»Klingt gut, und wie willst du das anstellen?«, fragte Peter.

»Wir verbreiten ein Gerücht in der Stadt. So viele Leute sind ja noch nicht hier, wenn wir auch leider noch nicht alle kennen. Es dürfte jeder schnell davon hören. Wir kennen zwei Fälle von Sabotage – unser Haus und die Autos. Lasst uns behaupten, dass in einem der Autos in einem fest eingebauten

50

internen, vorher verschlüsselten Sicherheitssystem Aufzeichnungen gemacht worden sind. Und dass morgen ein Spezialist von außerhalb eintreffen wird, der als Einziger diese Aufzeichnungen im Wagen lesen kann.«

Justus pfiff leise durch die Zähne. »Sehr gut, Kollege! Das heißt, der Saboteur muss davon ausgehen, dass jemand in die Stadt kommt, der in den Autos entdecken kann, wer der Übeltäter ist.«

Bob nahm die Hände wieder runter. »Was für den Verbrecher bedeutet, dass ihm nur noch der restliche Tag und die Nacht bleiben, um seine Spuren zu beseitigen, und zwar indem er die Aufzeichnungen zerstört. Also wird er in die Reparaturhalle einbrechen müssen. Wo wir ihn stellen und ihm das Handwerk legen werden!«

Peter sah sich um, als würde er befürchten, dass ihr Gegner sie abhörte. »Ganz ungefährlich klingt mir das aber nicht.«

»Ein wenig Nervenkitzel ist die Würze des Alltags«, sagte Justus.

»Schon klar«, meinte Bob. »Aber Peter hat recht, deshalb sollten wir einige Vorbereitungen treffen. Hört zu …«

Hast du schon eine Idee, wer der Saboteur sein könnte und was sein Motiv ist? Mehr erfährst du auf Seite 69.

Bob ging sehr spät ins Bett, weil er so ziemlich jeden Artikel las, den er im Internet über das Thema *Smart City* finden konnte. Danach fühlte er sich besser gewappnet. Auch wenn ihnen kein Fall im klassischen Sinn bevorstand, konnte er einfach nicht aus seiner Haut als Zuständiger für Recherchen und Archiv. Nach gerade mal sechs Stunden Schlaf verabschiedete er sich am nächsten Tag gähnend von seiner Mutter. Sein Vater fuhr ihn zum Schrottplatz.

Dort warteten seine Freunde bereits auf ihn. Peter hatte wie Bob eine normale Reisetasche gepackt, Justus dagegen saß auf einem großen Koffer, den Bob gleich erkannte. Es war der Detektivkoffer mit Geheimfach, in dem sich so einiges an Spezialausrüstung verstecken ließ.

Der Erste Detektiv bemerkte Bobs Blick und meinte: »Man kann nie wissen. Wenn wir in der denkenden Stadt nach Fehlerquellen suchen, kann ein wenig Detektivausrüstung nicht schaden. Uns erwartet zwar kein neuer Fall, aber die nächsten zwei Wochen werden …«

Bob und Peter fielen ihm ins Wort, sodass alle drei den Satz gleichzeitig beendeten:

»… hoffentlich höchst ereignisreich«, sagte Justus.

»… sicher richtig interessant«, sagte Bob.

»… bestimmt wie Urlaub!«, sagte Peter.

Sie schauten sich an und grinsten.

»Na, Jungs, das sind ja gleich drei Wünsche auf einmal«, hörten sie die Stimme von Currie Gray-Elizondo alias Zondo. Sie hatten nicht bemerkt, dass er durchs Tor gekommen war. »Ich bin überzeugt, unsere Stadt kann euch das alles bieten! Seid ihr bereit? Der Wagen steht draußen.«

Auf der Fahrt bombardierten die drei ??? ihren Chauffeur mit Fragen, aber Zondo versteifte sich darauf, keine weiteren Informationen zu geben. »Ihr werdet die Stadt bald selbst erleben! Wartet darauf, dann versteht ihr alles viel besser. Meinem Auftraggeber ist es wichtig, dass ihr wie ganz normale Bewohner einzieht. Ohne besonderes Hintergrundwissen. Dann ist es natürlicher.«

»In welchem Verhältnis stehen Sie eigentlich zu Mr Derlin?«, fragte Justus. »Sie nennen ihn immer Ihren Auftraggeber.«

»Er ist mein Boss. Mal schaue ich im Hotel nach dem Rechten, mal bei seinen Ländereien, und momentan konzentriere ich mich auf die Smart City.«

»Sozusagen das Mädchen für alles«, meinte Peter.

»Hm«, machte Zondo. »Ich bevorzuge den Begriff *Privatfeuerwehr*. Immer dort, wo ich am nötigsten gebraucht werde, versteht ihr?«

Sie nickten freundlich und schwiegen dann, während sie immer weiter ins Landesinnere fuhren. Mit eisgekühlten Getränken aus der Minibar im angenehm klimatisierten Wagen ließ es sich gut aushalten.

Die Smart City lag ziemlich einsam, mehr als zehn Kilometer von der nächsten Kleinstadt entfernt. Über einen Highway war sie allerdings perfekt ans Verkehrsnetz angebunden. Als sie näher kamen, erweckten die meist zweistöckigen Gebäude den Eindruck eines gemütlichen Ortes für etwa ein- bis zweitausend Bewohner – wie Zondo ihnen immerhin verriet. Aus den Dächern ragte eine große Glaskuppel hervor, die sich im Zentrum der Smart City zu befinden schien. Ob es sich dabei um das Gewächshaus handelte, das Zondo erwähnt hatte?

Die Haupteinfahrtsstraße war durch ein geschlossenes Tor gesichert, das sich allerdings vor ihnen öffnete, als der Wagen langsam darauf zurollte.

»Ich trage einen Chip bei mir, der von den Sicherheitssystemen erkannt wird«, erklärte Zondo.

Die Häuser hatten alle einen ähnlichen Stil – topmodern, mit vielen Glasfronten und Holzverkleidungen. Vor den meisten lag eine kleine Veranda. Sie fuhren etwa hundert Meter die Hauptstraße entlang, bis Zondo anhielt und sie ausstiegen. Weit und breit war kein Mensch zu sehen.

»Das ist euer Haus«, sagte ihr Begleiter und reichte ihnen drei kleine Plastikkarten. »Eure Schlüssel und zugleich die Spezialausweise, die ich erwähnt hatte. Damit könnt ihr erstens das Türschloss auf eure Fingerabdrücke programmieren … sicherer geht's nicht. Und zweitens verschafft euch die Karte wie versprochen Zugang hinter die Kulissen, in Betriebsräume, Lager und so weiter. Nur eben nicht in die Hauptschaltzentrale. Dann sage ich mal: Viel Spaß! Lebt euch ein, lernt eure Nachbarn kennen. Zurzeit sind zwölf Häuser mit Testbewohnern belegt, aus den unterschiedlichsten Gründen. Ihr seid ja kontaktfreudig, da werdet ihr schon alles selbst herausfinden. Und wie gesagt: Haltet nach allen möglichen Fehlern die Augen offen und meldet sie mir unverzüglich. Und wenn ihr dazu auch noch gleich eine Idee zur Problemlösung habt – nur her damit!«

Zondo verabschiedete sich, stieg wieder in den Wagen und fuhr los, tiefer in die Smart City hinein.

»Na, ein bisschen was hätte er uns auch zeigen können«, meinte Peter.

»Eben nicht!«, sagte Bob. »Wir sind hier, weil Mr Derlin uns für besonders schlau und pfiffig hält.«

»Falsch!«, sagte Justus. »Weil wir besonders schlau und pfiffig *sind*! Und da werden wir uns wohl in einer unbekannten Umgebung zurechtfinden, die auf besondere Benutzerfreundlichkeit angelegt ist.«

»Wir werden deiner Meinung nach also getestet?«, fragte der dritte Detektiv.

Justus zuckte mit den Schultern. »Gehen wir erst mal rein.«

In der Haustür fanden sie kein Schloss, aber in bequemer Höhe lag ein Sensorfeld, gegen das Peter seine Karte hielt. Es klackte und die Tür sprang auf.

»Wollen Sie die Fingerabdruckprogrammierung jetzt oder später vornehmen?«, fragte eine angenehme Frauenstimme – die zweifellos einem Computerprogramm gehörte. »Mein Name ist Chloe, es sei denn, Sie möchten mir einen anderen Namen geben.«

»Chloe ist hervorragend«, sagte Peter verunsichert. »Und die Programmierung verschieben wir auf später, ja?«

»Sehr gern«, sagte Chloe. »Wie geht es euch?«

»Äh, gut«, sagte der Zweite Detektiv und hastete ins Haus.

»Du hast es aber eilig«, rief Bob. »Was ist denn los?«

»Ich muss auf die Toilette! Was dagegen?« Peter wartete nicht auf eine Antwort, sah sich auch gar nicht groß um, sondern öffnete wahllos eine der fünf Türen im Erdgeschoss. Er erwischte zunächst eine Abstellkammer. Aber schon bei der zweiten Tür hatte er mehr Glück. Erleichtert betrat der Zweite Detektiv das riesige Badezimmer. Die beiden großen Fenster bestanden aus blickdichtem, gemustertem Glas. Es gab eine Badewanne, eine Dusche, eine hölzerne Kabine, ein Doppelwaschbecken … und eine Toilette.

Peter schloss die Tür, eilte los – und blieb wie angewurzelt stehen, als es plötzlich knackte, schlagartig dunkel wurde und ihm ein heißer Luftzug ins Gesicht schlug! Nicht das kleinste Lichtlein brannte noch und durch die Fenster fiel keinerlei Helligkeit mehr, wie auch immer das möglich war – draußen war es doch helllichter Tag! Peter sah die Hand vor Augen nicht mehr. Er wandte sich um, ging in winzigen Schrittchen zurück Richtung Tür, tastete dabei nach Hindernissen. Nicht mal durch den Türschlitz fiel Licht!

Den Ausgang erreichte er ohne Zwischenfälle, aber mit wild klopfendem Herzen. Was war hier los? Er fühlte nach dem Türknopf, drehte ihn … aber nichts tat sich.

Nun wurde ihm noch mulmiger. Er rüttelte an dem Knauf. Nichts! »Hi-hilfe!« Er kam sich absolut bescheuert vor.

Der heiße Luftstrom wurde stärker. Verflixt, das Zimmer heizte sich rasend schnell auf. Ihm brach der Schweiß aus. »Hilfe!«

Und nun? Willst du bei Peter bleiben? Dann lies weiter auf Seite 47. Wie es Justus und Bob währenddessen ergeht, erfährst du auf Seite 137.

»Eure Unterhaltung hat mich auf den Gedanken gebracht«, sagte der Zweite Detektiv. »Erinnert ihr euch, wie Mr Derlin den Diebstahl im Supermarkt beschrieben hat?«

»Gar nicht«, sagte Justus. »Er hat nur vom Einbruch in die Zentrale gesprochen.«

»Falsch!« Peter grinste. »Dass dir mal was entgeht, Justus, das kommt auch nicht alle Tage vor. Mr Derlin meinte, dass derjenige, der in die Steuerzentrale eingebrochen ist, es nicht nötig hatte, vorher mal eben so im Vorbeigehen in den Supermarkt einzubrechen und dort irgendwas zu stehlen.« Er winkte ab. »Oder so ähnlich. Der eine Diebstahl hat mit dem anderen also jedenfalls nichts zu tun. Aber in beiden Fällen gilt, dass nicht irgendjemand als Täter infrage kommt. Wir wissen, dass die Anlage aus dem Supermarkt eigentlich wertlos ist – es sei denn, man versteht sie und weiß, wie man sie anpassen könnte. Wer wäre dazu in der Lage?«

»Zum Beispiel die Techniker, die die Anlage eingebaut und bedient haben«, sagte Bob.

»Richtig!« Peter schnippte mit den Fingern. »Und das sind auch die Leute, denen es ohne Weiteres möglich wäre, einzubrechen und die Anlage zu stehlen. Denn sie haben Zutritt in den Supermarkt. Sie wissen außerdem, wie man die Überwachungskameras abschalten könnte, und genau das ist passiert!«

»Sehr gut, Zweiter!« Justus sah aus, als hätte er Blut geleckt. »Eine hervorragende Überlegung.« Er räusperte sich. »Wobei natürlich auch noch andere Menschen außer den Technikern als Täter infrage kämen und es auch …«

»Schon kapiert, Justus«, fiel Peter ihm ins Wort. »Aber es ist

57

immerhin eine Möglichkeit. Ein erster Ansatzpunkt, dem wir nachgehen können.«

»Und wie?«

»So viele Techniker gibt es in der Stadt ja nicht. Wir befragen sie und locken sie aus der Reserve. Außerdem haben wir einen Freund, der uns helfen kann. Einen von ihnen.«

Bob sah nicht glücklich aus. »Du meinst Stephen. Aber den dürfen wir nicht von vornherein als Täter ausschließen.«

»Aber Stephen ist doch …«, setzte Peter an, führte den Satz jedoch nicht zu Ende. »Du hast recht. Ob es uns gefällt oder nicht, Stephen ist auch verdächtig.«

»Dann lasst uns bei ihm anfangen«, schlug Justus vor. »Und wenn er den Test besteht, soll er seine Kollegen im Supermarkt zusammenrufen.«

Alle stimmten zu und sie besprachen ihr Vorgehen, dann rief Peter bei dem Techniker an und bat um ein Treffen.

Das fand schon eine halbe Stunde später im Supermarkt statt. Als sie zu viert vor dem Loch in der Holzverkleidung standen, sagte Bob wie vereinbart: »Wir wissen inzwischen mehr über den Diebstahl. Es war einer der Techniker, der die Anlage eingebaut und bedient hat.« Damit dehnte er die Wahrheit gewaltig, denn das *wussten* sie keinesfalls.

Sie achteten genau auf Stephen Robertsons Reaktion. »Einer meiner Kollegen?«, fragte er und wirkte völlig verblüfft. »Wie kommt ihr darauf? Das kann ich mir nicht vorstellen!«

»Die Indizien sind eindeutig«, sagte Justus und dehnte die Wahrheit noch weiter als Bob. »Wir haben das Diebesgut nämlich wiedergefunden und untersucht!«

»Wirklich? Das ist ja fantastisch! Wie habt ihr das geschafft?«

58

Wenn Stephen kein extrem guter Schauspieler war, konnte er nicht der Dieb sein. Sonst hätte er auf diese Behauptung ganz anders reagiert. Schockiert oder ängstlich … oder herablassend, weil er die gestohlene Anlage längst weggeschafft und weiterverkauft hatte. Von diesen Emotionen war jedoch nicht das Geringste zu spüren. Sehr zur Erleichterung der drei ???.

»Also, Stephen, wir haben eben … ähm, gelogen«, beichtete Justus deshalb. »Wir haben die Anlage nicht gefunden, wir wollten aber herausfinden, ob wir –«

»Was?«, fiel der Techniker ihm ins Wort. »Ihr wolltet wissen, ob ihr mir vertrauen könnt oder ob ich der Dieb bin, richtig?« Nun zeigte er sehr wohl Emotionen: eine Mischung aus Ärger und Verblüffung. Und Respekt. »Okay, ich verstehe euch. Es gefällt mir nicht, aber ich hätte an eurer Stelle wohl genauso gehandelt. Ihr konntet mir nicht einfach so vertrauen. Was wisst ihr wirklich? War es tatsächlich einer meiner Kollegen?«

»Wir vermuten es«, sagte Peter. »Und darum möchten wir Sie bitten, alle Techniker hierherzubeordern. Dann werden wir dieselbe Geschichte noch mal erzählen. Mit der Behauptung, wir hätten das Diebesgut gefunden, sollten wir den Täter aus der Reserve locken können. Wenn es tatsächlich einer Ihrer Kollegen ist. Eine Methode, die nur funktioniert, wenn der Kreis der Verdächtigen sehr klein und überschaubar ist.«

Stephen Robertson erklärte sich bereit, zu helfen, und sie gingen zügig an die Arbeit, alles vorzubereiten. Mr Robertson sprach in einem Rundruf an alle Techniker von einem grundlegenden Problem im Supermarkt. Er behauptete, das Fehlen des Steuersystems würde sich auf noch unbekannte Weise auf das gesamte Informationsnetz der Smart City auswirken. Dabei verwendete er eine Dringlichkeitsstufe, die es all seinen Kollegen erlaubte, ihre derzeitige Arbeit zu unterbrechen.

Die drei ??? waren überrascht, dass insgesamt nur sechs Techniker in der Stadt tätig waren. Stephen erklärte, dass es bis vor wenigen Tagen noch viel mehr gewesen waren, dass aber inzwischen die meisten Arbeiten erledigt waren.

»Daran haben wir noch gar nicht gedacht«, sagte Justus zerknirscht. »Die ehemaligen Kollegen kommen als Täter ja genauso infrage. Einer könnte zurückgekehrt sein, um den Diebstahl zu begehen.«

»Unwahrscheinlich«, meinte Bob. »Warum hätte er nicht zuschlagen sollen, als er noch in der Stadt beschäftigt gewesen ist? Das wäre doch viel einfacher gewesen.«

Ihnen blieb sowieso nichts anderes übrig, als abzuwarten.

Als es draußen dunkel wurde, tröpfelten nach und nach Stephens Kollegen ein – zwei Frauen und vier Männer, darunter Joey Frederik, mit dem Justus bereits gesprochen hatte, als sie zum ersten Mal im Supermarkt gewesen waren.

Justus begann erneut, ihre Lügengeschichte zu erzählen, während sich Peter und Bob unauffällig so stellten, dass sie den Ausgang versperrten. Im Ernstfall sollte niemand aus dem Supermarkt entkommen können.

Diesmal holte der Erste Detektiv weiter aus, erzählte erst von dem Saboteur, den sie überführt hatten, dann ausführlich vom Diebstahl und kam nur langsam zum Punkt. Dabei beobachteten die drei ??? ihre kleine Zuhörerschar genau. Zeigte jemand Anzeichen von Nervosität? Unruhe?

»Schön und gut«, sagte eine der Frauen schließlich, »aber was hat das jetzt mit uns zu tun?«

60

»Nun ja«, sagte der Erste Detektiv, »wo Sie es schon ansprechen: Einer in diesem Raum ist der Dieb!« Diesen Hammer brachte Justus völlig unvermittelt.

»Was?«, rief Joey Frederik. »Das ist doch …«

»Wir sind uns ganz sicher«, behauptete Justus. Dabei fiel ihm auf, dass nicht nur Mr Frederik, sondern auch die zweite Frau, die bislang geschwiegen hatte, eine heftige Reaktion zeigte. Ihre Mundwinkel zuckten, ihr Blick huschte im Raum hin und her, verharrte kurz am Ausgang.

Justus holte zum finalen Schlag aus, während er vor allem die nervöse Technikerin im Auge behielt. »Außerdem haben wir die Beute inzwischen sichergestellt und können deshalb zweifelsfrei beweisen, dass –«

»Lüge!«, fiel die Frau ihm ins Wort. »Das könnt ihr nicht!«

»Ach, und wieso?«, fragte Justus eiskalt. »Weil Sie wissen, wo sich die Anlage wirklich befindet?«

Die Frau wirbelte herum. »Aus dem Weg, oder ich lasse es krachen!«, schrie sie – und hielt plötzlich einen der Universal-Controller in der Hand, wie auch Stephen Robertson einen besaß. Sie riss das Gerät in die Höhe, wie es Verbrecher in Filmen mit der Auslösevorrichtung einer Bombe tun.

Die drei ??? erstarrten. Was sollten sie tun?

Auf Seite 23 lassen sie ihre Gegnerin erst einmal gewähren. Auf Seite 95 stürzen sie sich auf die Frau, um sie aufzuhalten.

In der Nacht schliefen die drei ??? wie Steine. Am Frühstückstisch – der Kühlschrank war bis an den Rand mit allerlei Leckereien gefüllt – meinte Peter: »Nicht mal dein Geschnarche hat mich gestört, Bob.«

Die Augen des dritten Detektivs weiteten sich entrüstet. »Geschnarche? Von mir? Ich schnarche nie!«

»Zumindest hörst du es nie«, schränkte Justus ein. »Aber du klingst wie ein Elefant mit einem Knoten im Rüssel.«

Es klingelte. Justus wollte aufstehen, als Chloes Stimme fragte: »Soll ich öffnen? Das Gesichtserkennungsprogramm ist eindeutig. Vor der Tür steht die Testbewohnerin Carolyn. Seltsamerweise habe ich keinen Nachnamen gespeichert.«

»Lass sie rein«, sagte Peter und ging ihrer Besucherin in den Flur entgegen. Kurz darauf kam er mit Carolyn zurück.

»Ihr glaubt gar nicht«, meinte das Mädchen, »wie gut es tut, mal nicht hinter der Alten herlaufen zu müssen. *Sicher, Mrs Bunbury.* Ich kann mich selbst nicht mehr hören.«

»Warum sagst du es dann immer?«, fragte Bob.

»Teil der Arbeitsbeschreibung!« Carolyn seufzte.

»Klingt nach einem seltsamen Job.«

»Der verrückteste Ferienjob aller Zeiten! Aber was soll's. Wer kann schon von sich behaupten, mal Privatassistentin einer Millionärin während eines Besuchs in einer denkenden Stadt gewesen zu sein?«

»Warum ist sie eigentlich in der Stadt?«, fragte Peter. »Ich meine, so eine reiche alte Dame passt hier nicht gerade hin wie die Faust aufs Auge.«

»Sie hat ein Problem, und das ist Langeweile«, erklärte Carolyn. »Sie sucht ständig nach irgendwelchen Abenteuern. Da bin ich im Netz auf diese Smart City gestoßen, und na ja, was soll ich sagen – Mrs Bunburys Geld öffnet ihr alle Türen.« Das Mädchen setzte sich an den Tisch und schnappte sich den letzten verbliebenen Donut. »Ich darf doch?«

»Klar«, meinte Justus und seine Freunde konnten ein bisschen Wehmut in seiner Stimme hören.

»Jetzt wisst ihr«, sagte Carolyn zwischen zwei herzhaften Bissen, »warum wir hier sind. Aber ich habe nicht so richtig durchschaut, was ihr hier treibt. Ihr sucht Fehler? Was seid ihr? So eine Art Supercomputerfreaks?«

Die drei ??? wechselten rasche Blicke und verständigten sich ohne Worte. Sie konnten offen sein. Carolyn kam als Saboteurin wohl kaum infrage und nichts sprach gegen ein bisschen Unterstützung, zumal sich das Mädchen in der Stadt schon besser auskannte. »Wir sind Detektive«, erklärte Justus. »Warte, ich gebe dir eine unserer Visitenkarten.«

»Nicht nötig«, meinte Carolyn. »Ich glaube euch auch so. In dieser Stadt glaube ich an alles. Na ja, sagen wir, an fast alles. Wenn heute Nacht der Weihnachtsmann durch den Kamin geklettert käme, würde mich das schon noch wundern.«

Peter und Bob lachten, während Justus die Visitenkarte in seine Hosentasche zurückschob. Die drei ??? erzählten von ihrem Auftrag und ihrem Verdacht, dass ein Saboteur in der Smart City sein Unwesen treibt. »Der Autounfall und das, was in unserem Haus passiert ist«, endete Justus, »das waren keine kleinen Fehlfunktionen. Da steckt mehr dahinter!«

»Wir überlegen«, fuhr Bob fort, »ob der Verbrecher zu einer anderen Smart City gehört. Vor allem in Asien gibt es einige Projekte, die kurz vor der Fertigstellung stehen.«

»Asien«, wiederholte Carolyn gedehnt. »Hm.«

»Was soll das bedeuten?«

»Habt ihr Mr Zhào schon kennengelernt?«

»Wer soll das sein?«, fragte Bob.

»Zhào Qiaozhi«, sagte Carolyn.

»Gesundheit«, sagte Peter grinsend, was Carolyn ein müdes »Haha« und Justus einen Vortrag entlockte: »Das ist ein chinesischer Name, gebildet aus dem traditionellen, vorne stehenden Familiennamen und dem mehr oder weniger frei wählbaren Vornamen. Was hat es mit Mr Zhào auf sich?«

»Er fiel mir ein, weil ihr Asien erwähnt habt. Er ist meines Wissens der einzige Asiat in der Stadt. Er schreibt für ein chinesisches Computermagazin.«

»Ein Kollege von Eriq Weaver«, meinte Bob. »Sehr interessant! Den sollten wir mal unter die Lupe nehmen.«

»Ihr wollt ihn also verhören?« Die Vorstellung schien das Mädchen zu begeistern. »Wie im Kino?«

»Nicht ganz«, stellte Justus klar. »Zumal es keinen Grund gibt, ihn zu *verhören*. Er ist kein Verbrecher, sondern lediglich einer von vielen möglichen Verdächtigen, weil momentan noch jeder potenziell verdächtig ist. Wir haben zwei Möglichkeiten.«

»Und die wären?«, fragte Carolyn.

»Wir können offen auf Mr Zhào zugehen und ihn *befragen,* oder wir beschatten ihn heimlich!«

Ein offenes Gespräch suchen sie auf Seite 83. Aus dem Verborgenen heraus beobachten sie auf Seite 41.

Justus dachte fieberhaft nach. Mit einer schnell erfundenen Ausrede würde er sich wahrscheinlich nur in noch größere Schwierigkeiten manövrieren. Also entschied er sich, so ehrlich wie möglich zu sein. »Ich wollte überprüfen, ob Sie zu Hause sind, Sir. Ich weiß, ich hätte klingeln können.«

Der Chinese sah ihn durchdringend an. »In der Tat, junger Mann!« Zhào Qiaozhis Stimme klang hell. Sein Englisch war völlig akzentfrei. »Und wieso hast du dich entschieden, stattdessen auf meinem Grundstück herumzuschleichen wie ein Dieb? Ganz zu schweigen von deinen Spießgesellen, die dort vorne auf der Lauer liegen und denken, ich hätte sie nicht bemerkt?«

Justus brannten zwar etliche Fragen auf der Zunge, aber ihm war klar, dass er sie nicht stellen durfte. Nicht, solange sein Gegenüber völlig zu Recht auf Antworten wartete. »Wir sind als Testbewohner in der Stadt«, sagte er. Welche Informationen sollte er weitergeben, was zunächst verschweigen? »Und wir glauben, dass es Fälle von Sabotage gibt. Darum wollten wir mit Ihnen sprechen.«

»Darum wolltet ihr mich *beobachten*«, verbesserte Mr Zhào. »Das trifft es wohl eher, oder?«

»Das ist korrekt, Sir. Und danach wollten wir mit Ihnen sprechen. Bitte entschuldigen Sie.«

»Haltet ihr mich etwa für den Saboteur? Warum? Weil ich ein Chinese bin?«

Justus wäre am liebsten im Boden versunken. »Natürlich nicht, Sir. Jeder in der Stadt ist theoretisch verdächtig. Es ging nicht speziell gegen …«

»Weißt du was, Junge?«, fiel der Chinese ihm ins Wort. »Deine Ehrlichkeit imponiert mir. Ruf deine Freunde und kommt mit ins Haus. Dort können wir uns in Ruhe unterhalten.«

Justus atmete unendlich erleichtert auf. »Woher wissen Sie eigentlich von meinen Freunden?«

»Dies ist eine durch und durch technisierte Stadt, schon vergessen? Als du auf meinem Grundstück herumstolziert bist, hast du einen Alarm ausgelöst. Und ich konnte dank einiger Kameras am Haus auch die Umgebung einsehen.«

Wenig später ließ Mr Zhào die drei ??? und Carolyn in sein Haus. »Ihr werdet euch damit abfinden müssen, dass ich noch beim Frühstück bin.« Er führte sie in sein Wohnzimmer. Das Haus war genauso aufgebaut wie das der drei ???. Der Chinese holte noch Stühle dazu und schob sie an den Esstisch, sodass alle Platz fanden. Auf dem Tisch stand eine Schüssel mit einer farblosen Masse – wohl eine Art Getreidebrei.

Der Chinese nahm zwar den Löffel in die Hand, aß aber nicht weiter. »Also, was wollt ihr wissen?«

Weiter auf Seite 123.

Stephen ging sofort ran. Justus nannte sein Anliegen.

»Klar, Jungs, warum nicht? Ich bin mit meinem Kram fertig und Zondo hat mich gebeten, euch bestmöglich zu unterstützen. Was wollt ihr dort?«

»Uns einfach nur umsehen«, erklärte Justus. »Einen Eindruck davon bekommen, wie die denkende Stadt funktioniert.«

»Wo seid ihr jetzt?«

»Beim Wagenpark, gerade von der Ausfahrt zurückgekehrt.«

»Ich bin in fünf Minuten dort!«

Wenig später führte der Techniker sie auf Schleichwegen durch die Gärten von unbewohnten Häusern. »Ich mag Abkürzungen, und solange da niemand drin wohnt, stört es ja auch niemanden«, sagte er mit zwingender Logik. »Übrigens habt ihr euch einen tollen Ort ausgesucht. Das Gewächshaus zeigt geradezu mustergültig, wie unabhängig die Smart City funktioniert. Es bezieht seine komplette Energie aus den Solarzellen auf dem Kuppeldach. Die sind in den Streben verbaut und deshalb gar nicht auf den ersten Blick sichtbar.«

»Und was im Gewächshaus angebaut wird, soll ausreichen, um die ganzen Stadtbewohner zu ernähren?«, fragte Peter skeptisch. »Das kann ich mir nicht vorstellen.«

Stephen lachte. »Das funktioniert natürlich nicht. Aber es werden das ganze Jahr über sämtliche frischen Nahrungsmittel direkt hier angebaut, und in einem Notfall hätte man tatsächlich für einige Wochen ausreichend Nahrungsmittel für alle – zu jeder Zeit im Jahr, ohne auf Lieferungen von außerhalb angewiesen zu sein! Ein genau ausgeklügeltes System von Pflanzzeiten erlaubt eine ständige Ernte. Aber schaut es euch erst mal an!«

Bald standen sie vor dem Haupteingang zum Gewächshaus. Die gläserne Tür erlaubte zwar einen Blick ins Innere und auf üppig wuchernde Pflanzen, aber sie öffnete sich nicht. »Hier haben nur Berechtigte mit Sonderstatus Zutritt«, erklärte Stephen und zog eine Chipkarte aus seiner Hosentasche. »Ich nehme euch mit rein.«

»Nicht nötig!«, sagte Peter. »Wir haben ebenfalls einige Befugnisse.« Er hielt seine Karte vor den Scanner neben der Tür. Der blinkte grün auf und die Tür schob sich zur Seite.

Ehe sie sich drinnen genauer umschauen konnten, schrie Stephen auf. »Das darf doch nicht wahr sein!« Er rannte zu zwei dicht bewachsenen Beeten, auf denen offenbar zwei verschiedene Sorten Pflanzen angebaut wurden – und beide sahen übel aus: die eine komplett verfault, die andere vertrocknet. Die verfaulten Pflanzen waren Tomatenstöcke, die in feuchtnasser Erde standen. Aus einem Schlauch, der mit vielen kleinen Löchern versehen war, rann großzügig Wasser. Bei den vertrockneten Pflanzen handelte es sich um Paprikasträucher. Der Boden unter ihnen war vor Trockenheit rissig und aus dem Bewässerungsschlauch kam kein einziger Tropfen.

Die drei ??? sahen sich verwundert an.

Und jetzt? Auf Seite 40 halten sie sich dezent zurück und lassen Stephen das Problem angehen, um sich nicht in seinen Zuständigkeitsbereich einzumischen. Oder glaubst du, es würde helfen, wenn die drei ??? ihr Wissen über Pflanzen ausgraben und zum Besten geben? Dann auf zu Seite 92.

Nachdem Bob ihnen alles dargelegt hatte, stimmten Justus und Peter seinem Plan begeistert zu. Kurz darauf führte der Zweite Detektiv einige Telefonate, während seine Freunde darangingen, das Gerücht in der Stadt zu streuen.

Auf der Hauptstraße neben einem Sportplatz trafen sie den Journalisten Eriq Weaver, dem sie die Geschichte wunderbar als mögliche Sensationsstory auftischen konnten. Er war von dem Gedanken, es könnte einen Saboteur geben, sofort fasziniert.

Nur wenig später schlug sich Mrs Bunbury erschrocken die Hand vor den Mund. »Also so etwas! Am Ende muss man hier noch um sein Leben fürchten! Richtig, Carolyn?«

Der dritte Detektiv grinste und kam dem Mädchen zuvor: »Sicher, Mrs Bunbury!«

Das brachte die alte Frau zum Lachen. »Du bist ein ganz helles Kerlchen, was? Komm her!« Und ehe der dritte Detektiv flüchten konnte, hatte sie ihn auch schon im Arm und quetschte ihn an sich, dass er glaubte, keine Luft mehr zu bekommen. Als er sich glücklich wieder befreit hatte, machten die beiden Jungen, dass sie weiterkamen.

Als Nächstes erzählten sie Stephen Robertson ebenso wie zwei weiteren Technikern, die sie trafen, von den Neuigkeiten. Und als ihnen schließlich der Technikfreak Richie Harmon über den Weg lief, zeigte sich, dass ihre kleine Lügengeschichte bereits den Weg jedes Gerüchts nahm: Sie verbreitete sich mit Überlichtgeschwindigkeit. Mr Harmon wusste schon Bescheid.

Wenig später klingelte Bobs Handy und ein überraschter Zondo fragte, was es denn mit dem ominösen Sicherheitssystem auf sich habe. Der dritte Detektiv erklärte ihren Plan – Zondo signalisierte sein Einverständnis.

Und dann war es höchste Zeit, sich in der Reparaturhalle auf die Lauer zu legen. Die drei ??? verbargen sich hinter einer Art Servicetheke. Wenn sie dort seitlich herauslugten, konnten sie den kompletten Raum überschauen. Die Autos standen noch genauso da, wie sie sie zurückgelassen hatten.

Solange es draußen hell war, geschah nichts, was die Jungen allerdings nicht überraschte. Sie rechneten eher damit, dass der geheimnisvolle Saboteur in der Nacht auftauchte.

Nach langer zäher Wartezeit herrschte schließlich fast völlige Dunkelheit. Durch die Fenster fiel nur wenig Licht der Straßenlaternen herein. Das Nichtstun machte müde. Kurz vor Mitternacht beschlossen sie, dass immer einer von ihnen wenigstens für jeweils eine knappe Stunde die Augen zumachen durfte. Die anderen beiden hielten einander wach, indem sie sich gegenseitig Quizfragen zu ihren vergangenen Fällen stellten. So vergingen weitere drei Stunden. Sie waren schon überzeugt, dass ihr Plan nicht aufgegangen war ... als es klackte. Das Geräusch einer sich öffnenden Tür folgte, dann tanzten zwei schmale Lichtstreifen durch die Dunkelheit. Taschenlampen!

Bob tippte Justus an, der gerade an der Reihe war, sein Schläfchen zu halten. Der Erste Detektiv war sofort hellwach. Keiner musste ihm sagen, was los war.

Die Eindringlinge ließen das Licht der Lampen durch die Halle schweifen, bis es auf die Unfallwagen traf. Sie eilten zielstrebig dorthin. Dabei trugen beide etwas in der jeweils leeren Hand, nein, sie schleppten es vielmehr mühsam mit sich. Was war das? Große und offenbar schwere Koffer?

Die drei ??? warteten ab. Je weiter sich die beiden innerhalb

70

der Halle befanden, umso besser. Die Unbekannten stellten ihre Koffer ab und einer machte sich an einem der Autos zu schaffen. Sie standen mit dem Rücken zu den drei Detektiven und im weggerichteten Licht ihrer Taschenlampen waren sie nicht mehr als schwarze Silhouetten. Nur eins konnten die drei ??? mit einiger Sicherheit sagen: Der Statur nach handelte es sich um Männer.

Dieser Eindruck bestätigte sich, als sie zu reden begannen.

»Ich kann hier nichts von einem zusätzlichen, unbekannten Sicherheitssystem entdecken«, sagte der eine.

Die drei ??? zermarterten sich das Gehirn – die Stimme kam ihnen bekannt vor. Es war einer der Bewohner der Stadt … aber welcher? Vielleicht erkannten sie sie auch nicht genau, weil sie in dem riesigen, fast leeren Raum seltsam hallte.

»Dann such weiter!«, sagte der andere Eindringling.

»Das hat keinen Sinn!«

»Sei doch nicht so nervös. Uns erwischt schon keiner!«

»Ach ja? Da will es nicht drauf ankommen lassen.« Er bückte sich und griff nach einem der Koffer. Dabei fiel der Strahl seiner Taschenlampe auf den anderen – der gar kein Koffer war! Sondern der größte tragbare Benzinkanister, den die drei ??? je gesehen hatten.

Sie wussten sofort, was das zu bedeuten hatte. Für den Fall, dass die beiden Schurken das angebliche Sicherheitssystem nicht finden und die Aufzeichnungen nicht vernichten konnten, hatten sie vorgesorgt. Sie würden die Autos und die ganze Reparaturhalle abbrennen und damit alle Spuren beseitigen! Und tatsächlich drehte der Mann jetzt den Verschluss auf und begann, die Wagen mit Benzin zu übergießen.

71

Die drei ??? mussten handeln, wenn sie die Verbrecher ihr Werk nicht vollenden lassen und vor allem auch nicht sich selbst in Lebensgefahr bringen wollten.

Sie schauten sich an. »Los«, flüsterte Justus. Alle gleichzeitig standen sie auf und hasteten aus ihrer Deckung heraus. »Das Spiel ist aus, meine Herren!«, rief Peter.

Die Eindringlinge wirbelten herum – und waren endlich zu erkennen.

»Der Journalist Eriq Weaver!«, entfuhr es Bob.

Gleichzeitig hastete der zweite Mann so schnell und ungeschickt aus dem Auto, dass er auf den Boden stürzte, sich umständlich herumrollte und wieder auf die Füße kam.

»Und Richie Harmon, der Technikfreak«, ergänzte der Erste Detektiv. »Nun ist mir alles klar!«

»Ach ja?«, fragte Bob, dem noch nicht alles klar war. Wieso ausgerechnet diese beiden die denkende Stadt sabotierten, leuchtete ihm nicht ein.

»Ach ja?«, sagte Mr Weaver gleichzeitig. »Alles klar, ja? Da hast du aber eins nicht bedacht! Wir beide werden von hier verschwinden. Glaubst du, ihr Bürschchen könntet uns aufhalten?« Damit zückte er eine Schachtel Streichhölzer. »Wenn ihr uns verfolgt, setze ich das Benzin in Brand und dann seid ihr ruck, zuck in den Flammen eingeschlossen.«

»Das sollten Sie lieber nicht tun«, sagte Bob triumphierend. »Wir haben da ein paar Vorbereitungen getroffen, und versuchter Mord wiegt schwerer als Sabotage …« Er zog ein Funkgerät, drückte auf eine Taste und rief: »Jetzt!«

Nur Sekunden später flog die Tür zur Reparaturhalle auf und zwei Polizisten stürmten herein.

»Wir haben uns nicht blauäugig auf die Lauer gelegt«, erklärte der dritte Detektiv gelassen. »Es hat ein paar Anrufe gekostet und schon war die hiesige Polizei sehr interessiert daran, wer in der Smart City als Saboteur sein Unwesen treibt!« Peter hatte sich zuerst bei Inspektor Cotta in Rocky Beach gemeldet, der wiederum bei seinen Kollegen, die für diesen Bereich zuständig waren, ein gutes Wort für die drei ??? eingelegt hatte, sodass man dem Zweiten Detektiv mit offenen Ohren zugehört hatte. Die Polizisten hatten in einem Auto hinter der Werkstatt auf Bobs Zeichen gewartet.

Eriq Weaver und Richie Harmon ließen sich widerstandslos festnehmen. »Das war doch klar, Richie, dass dieser Mist nicht gut gehen konnte, oder?«, sagte der Technikfreak dabei zu sich selbst. »Klar, das war es, Richie.« Er warf den drei Detektiven einen giftigen Blick zu.

»Eins wüsste ich aber gern noch«, sagte Bob leise zu Justus. »Du scheinst ja zu verstehen, warum ausgerechnet diese beiden die Saboteure waren.«

»Denk mal nach. Sie passen geradezu ideal zusammen.«

»Tu nicht so geheimnisvoll und erzähl es!«, forderte Peter.

»Zuerst einmal«, sagte Justus, »hat das, wie angenommen, mit dem Diebstahl im Supermarkt nichts zu tun. Da werden wir erneut auf Tätersuche gehen müssen. Aber was die Manipulation der Wagen angeht, ist alles glasklar!« Dann wandte er sich an die Polizisten: »Sie sollten die beiden Herren auch zu den Sabotagefällen in unserem Haus befragen.«

Ist dir auch alles glasklar? Weiter geht's auf Seite 100.

In dieser Nacht schlief vor allem Justus weitaus unruhiger als in der Nacht zuvor. Ihn hielten die Gedanken an den Diebstahl im Hauptsteuerzentrum wach. Was war überhaupt gestohlen worden? Gab es dort tatsächlich einen Spionagehintergrund? Waren Konkurrenten aus einer anderen Smart City aktiv gewesen? Sie wussten viel zu wenig, um mehr als Vermutungen anstellen zu können, und das gefiel ihm nicht.

Wie konnten sie Mr Derlin davon überzeugen, dass sie sich doch mit dem Fall beschäftigen durften? Oder ging es ihrem Auftraggeber womöglich gar nicht darum, dass es für die drei ??? zu gefährlich war? Was, wenn Mr Derlin selbst in diesen Diebstahl verwickelt war …?

Einmal gekommen, setzte sich diese Überlegung in den Gedanken des Ersten Detektivs fest. Unwahrscheinlich bedeutete nicht zugleich unmöglich.

Mit Mühe gelang es Justus endlich abzuschalten. Er war gerade dabei, wegzudämmern, als Bob zu schnarchen begann. Einen Moment lang ärgerte sich der Erste Detektiv, doch im nächsten war er eingeschlafen.

Am Morgen beschlossen die drei ???, die Probe aufs Exempel zu machen. Alles Grübeln half nichts. Sie gingen zu Mr Derlins Haus, um offen und ehrlich mit ihm zu sprechen.

Ihr Auftraggeber empfing sie freundlich. Wie am Vortag war er locker gekleidet. Seine Haare standen in alle Richtungen und sein Gesicht war rot wie nach großer Aufregung oder Anstrengung. Er bemerkte die Blicke und erklärte: »Ich war in der Sauna. Danach sehe ich immer so aus. Das gibt sich.«

»Damit habe ich auch so meine Erfahrungen, Sir«, bemerkte Peter trocken.

»Ihr habt tatsächlich gestern Abend den Diebstahl im Supermarkt aufgeklärt«, sagte Mr Derlin. »Großartig! Ihr habt wirklich eine Menge gut bei mir, Jungs. Wusstet ihr schon, dass es hier einige Häuser gibt, die ich als Ferienhaus vermieten werde? Wenn ihr mal dort Urlaub machen wollt, sagt einfach Bescheid. Dasselbe gilt natürlich jederzeit für mein Hotel in Los Angeles.«

»Danke, Sir.«

»Aber kommt doch erst mal rein.« Mr Derlin führte sie ins Wohnzimmer. Sie setzten sich. »Was führt euch zu mir?«

»Wir haben eine Bitte«, sagte Bob.

Ihr Auftraggeber nickte. »Wie gesagt, ich schulde euch einiges.«

»Aber diese Bitte wird Ihnen womöglich nicht gefallen«, ergänzte Peter.

»Darauf lassen wir es am besten einfach ankommen – oh …« Mr Derlin stutzte. »Ich glaube, ich kenne euch inzwischen gut genug, um zu wissen, worauf ihr hinauswollt. Die Hauptsteuerzentrale, richtig?«

»Ganz genau«, bestätigte Justus. »Und? Was sagen Sie?«

Ihr Gegenüber trommelte mit den Fingerspitzen auf dem Tisch. Seine Lippen bildeten einen dünnen Strich. »Ihr wisst, worauf ihr euch da einlasst? Das ist kein harmloses Verbrechen.«

»Wann ist es passiert?«, fragte der Erste Detektiv und das war Antwort genug.

»Vorgestern Nacht. Etwa zu der Zeit, als ihr den Saboteur und seinen Komplizen überführt habt.«

»Und was wurde gestohlen?«

»Ein wertvoller Datensatz. Informationen über einen Teil des zentralen Informationsnetzes der denkenden Stadt, einschließlich des Verkehrssystems. Jemand ist eingedrungen, hat die Daten wohl auf eine externe Festplatte kopiert und ist wieder verschwunden, ohne Spuren zu hinterlassen, die etwas über seine Identität verraten. Und das ist eigentlich unmöglich. Niemand kommt in diesen Raum, ohne dass es genau aufgezeichnet würde. Bis man drinnen ist, wird mehrfach die Identität geprüft.« Mr Derlin trommelte wieder. »Gut, schaut es euch an. Ich kann euch jetzt direkt hinbringen. Ihr geht mit mir rein und auch wieder raus. Allein kann ich euch dort nicht lassen.«

Justus strahlte. »Einverstanden.«

»Allerdings werden nur meine beiden Freunde mitkommen«, sagte Bob. »Ich muss ein paar Recherchen machen.« Justus und Peter schauten ihn verblüfft an. »Mir ist da so eine Idee gekommen«, sagte Bob.

Und jetzt? Willst du mit Justus und Peter ins Hauptsteuerzentrum vordringen? Auf zu Seite 105. Auf Seite 10 bleibst du bei Bob und erfährst, was es mit seiner Idee auf sich hat.

76

Der Erste Detektiv nahm das Gespräch an. »Hallo, hier ist Justus.« Er schaltete den Lautsprecher an, sodass seine Freunde mithören konnten.

»Seid ihr im Haus?«, fragte Zondo.

»Sind wir.«

»Gut. Ich schicke euch einen Techniker vorbei, einen absolut vertrauenswürdigen Mann. Mr Derlin lobt ihn in den höchsten Tönen. Sein Name ist Stephen Robertson und er wird sich die zentrale Computersteuerung in eurem Haus ansehen. Dass es dort gleich nach eurer Ankunft zu mehreren Fehlern kam, tut mir leid.«

»Sie wissen von den Fehlfunktionen?«, fragte Justus.

»Es gibt regelmäßig aktualisierte automatische Fehlermeldungen in die Stadtzentrale. Das wird später anders sein, wenn echte Bewohner in die Stadt kommen, aber in dieser Testphase brauchen wir uns um den allgemeinen Datenschutz keine Gedanken zu machen. Hatte ich euch das nicht erzählt?«

»Das haben Sie wohl vergessen«, meinte Justus.

»Jedenfalls wird sich Mr Robertson bei euch umsehen. Er ist ein guter Mann. Und denkt daran, wenn ihr etwas herausfindet oder euch etwas merkwürdig vorkommt, meldet euch gleich bei mir.« Er legte auf, noch ehe der Erste Detektiv ihm sagen konnte, dass ihm so einiges merkwürdig vorkam. Doch das hatte keine Eile. Er wollte sowieso lieber Lösungen als Fragen präsentieren.

Der Techniker kam wenig später. Er war höchstens dreißig Jahre alt und hatte sich eine Glatze rasiert, was die drei ??? aber nur einmal kurz zu sehen bekamen, als er vor der Tür seine braune Schirmmütze abnahm. »Nennt mich Stephen«, begrüßte er sie. »Ihr habt Zondos Boss Mr Derlin offenbar schwer beeindruckt, dass er euch hierher eingeladen hat. Nicht übel. Bei Gelegenheit müsst ihr mir verraten, wie ihr das gemacht habt. Er war einmal hier, als es einen stadtweiten Stromausfall gab. Ich hab den Fehler in nur einer Stunde gefunden. Meiner Meinung nach eine Meisterleistung bei gefühlten einer Million möglichen Ursachen. Er fragte mich, warum das so lange gedauert hat.« Stephen Robertson zuckte mit den Schultern. Er schien ein redseliger Typ zu sein. »Na ja, was soll's. Also, ihr hattet Probleme, ja? Ich schau mir das mal an. Wenn ihr mich reinlasst.«

»Nur hereinspaziert«, bat Justus. »Ich habe übrigens eine gute Nachricht für Sie. Zondo sagte mir am Telefon, dass Mr Derlin in den höchsten Tönen von Ihnen spricht. Sie haben ihn offenbar dennoch beeindruckt.«

»Echt jetzt?« Stephen schob seine Mütze über der Stirn zurecht. »Na, das ist ja prima.« Er ging zielstrebig an den drei ??? vorbei zum Ende des Flurs zu einem Spiegel, der neben einer leeren Garderobe hing. Den tippte er zielsicher an einer Ecke an, woraufhin der Spiegel zur Seite schwang und eine verborgene Holzklappe freigab. Diese ließ sich durch einen Drehknopf öffnen und abnehmen. Dahinter tauchte eine kompliziert aussehende Schalttafel mit jeder Menge Knöpfe und Kabel auf. »Das ist die zentrale Steuereinheit des Hauses«, erklärte der Techniker. »Wenn ihr so wollt, ist das Chloes Gehirn. Falls ihr sie nicht inzwischen umbenannt habt.«

Die drei ??? stellten sich neben Stephen, um das Wunderwerk genauer betrachten zu können. Es sah für sie nicht so aus, als könnte man das Kabelgewirr jemals durchschauen.

Für Stephen schien es jedoch ebenso übersichtlich zu sein wie seine Hosentasche. Er zog mit traumwandlerischer Sicherheit Kabel heraus, schaute sich die Kontakte an und steckte sie zurück. »Hm«, machte er, ohne sich weiter zu erklären. Er zog etwas aus seiner Brusttasche, das aussah wie ein zu dick geratener Kugelschreiber. Mit der Spitze tippte er auf einige Vertiefungen in der Schalttafel. Dabei gab das Gerät unterschiedlich tiefe Summtöne von sich, was Stephen zu einem »Hm-hm« veranlasste. Er schloss die Augen und dachte offenbar angestrengt nach, was schließlich in ein »Hm-hm-hm« mündete.

»Was haben Sie herausgefunden?«, drängelte Bob.

»Ich bin mir nicht sicher. Aber es sieht ganz so aus, als wären die Fehler in eurem Haus nicht zufällig aufgetreten. Jemand hat sich vor eurer Ankunft an der Schalttafel zu schaffen gemacht und die Fehler einprogrammiert.«

»Sabotage?«, fragte Justus. »Sie sprechen von Sabotage?«

»Keine voreiligen Schlüsse«, meinte der Techniker. »Aber ja, das liegt zumindest im Bereich des Möglichen. Mehr kann ich nicht sagen. Wer immer das getan hat, war nicht dumm. Er hat keine Spuren hinterlassen, mit denen ich irgendetwas anfangen kann. Dass überhaupt jemand hier war, sehe ich nur im allgemeinen Datenspeicher.« Er drehte sich plötzlich um. »Ein Fehler trat im Bad auf, richtig?«

»Stimmt.«

»Gut, da muss ich sowieso hin. Eine Stange Wasser in die Ecke stellen, versteht ihr?« Er grinste und verschwand im Badezimmer.

Die drei ??? schauten sich an.

»Sabotage«, wiederholte Justus.

»Das klingt, als würde dir die Vorstellung gefallen«, meinte Bob.

»Wie kommst du darauf?«, fragte Justus entrüstet. »Ich denke nur an die Autos, die aufeinandergeprallt sind. Wisst ihr noch? Zondo meinte, so etwas dürfe eigentlich nicht passieren, weil der Fehler viel zu groß ist. Also auch dort ... Sabotage?«

Peter nickte. »Das sollten wir uns genauer ansehen. Wenn Stephen sowieso schon mal hier ist, lasst uns die Gelegenheit nutzen. Er kann uns sicher ein paar der Autos zeigen und vielleicht können wir sogar eine Probefahrt machen! Oder meint ihr, das ist zu riskant?«

Was denkst du? Zu gefährlich? Auf Seite 36 verschieben die drei ??? die Probefahrt vorerst lieber und schauen sich weiter in der Stadt um. Auf Seite 26 fragen sie Stephen, ob er sie zu den automatisch fahrenden Autos bringen kann.

Sie sammelten sich hinter einem Gebüsch.

»Wir dürfen nicht einfach losstürmen«, sagte Peter. »Mrs Goodwins Komplizin hat eine Waffe!«

»Du hast recht«, gab Justus zerknirscht zurück. »Aber wenn sie in den Wagen steigen, sind sie auf und davon! Wir dürfen sie nicht einfach so entkommen lassen.«

»Stephen«, sagte Bob. »Kann man mit dem Controller auf den Wagen zugreifen, mit dem sie flüchten wollen?«

»Jetzt nicht mehr«, erklärte der Techniker. »In dem Moment, in dem ihn jemand benutzt, kann ich von außen nichts mehr tun.«

Die beiden Frauen stiegen ein. Den drei ??? brach der Schweiß aus. Ihnen lief die Zeit davon. Sie brauchten eine Idee!

Plötzlich schnippte Peter mit den Fingern. »Aber Sie können auf die anderen Autos zugreifen, die daneben parken?«

»Schon, aber was …«

»Los! Starten Sie sie! Alle!«

In diesem Moment rollte das Auto von Mrs Goodwin und ihrer Komplizin langsam los.

»Jetzt!«, rief Peter.

Stephen hielt den Controller bereits in den Händen. »Ich hab's gleich.«

Im nächsten Moment erklang ein vielstimmiges Brummen, mit dem ein Dutzend Motoren gleichzeitig ansprang.

»Losfahren! Schneiden Sie den beiden den Weg ab!«

Der Techniker sah bleich aus. »Ich kann sie nicht alle steuern und –«

»Egal!«, rief Justus. »Dann gibt es eben Blechschaden! Hauptsache, sie versperren den beiden den Weg.«

Die Autos setzten sich in Bewegung, kreuz und quer – Geisterfahrer im wahrsten Sinn des Wortes.

Irrsinnigerweise hupten die beiden Flüchtigen, als könnten sie den Spuk damit aufhalten.

Die ersten zwei Autos krachten zusammen. Metall verbog sich kreischend.

Mrs Goodwin und ihre Komplizin hatten die Ausfahrt fast erreicht. Sie umkurvten die Wagen, die von allen Seiten heranrollten und ihnen immer mehr den Weg verbauten. Es krachte noch zwei-, dreimal, dann donnerte auch der Fluchtwagen gegen einen anderen. Er war völlig verkeilt, unmöglich, ihn noch herauszumanövrieren.

Die Fahrertür war versperrt. Beide Frauen wollten aus der Beifahrertür steigen, doch auch die ließ sich nicht weit genug öffnen, um die Insassen herauszulassen.

Die drei ??? lachten erleichtert auf. Carolyn hob die Hand und alle schlugen ein. »Die beiden haben wir festgesetzt!«, sagte Justus zufrieden.

Und so blieb es auch, bis eine knappe Viertelstunde später die Polizei eintraf.

Weiter auf Seite 142.

Die drei ??? entschieden sich, offen und ehrlich auf den Chinesen zuzugehen, um ihn kennenzulernen. Ob dabei das Thema »Sabotage« zur Sprache kommen konnte, musste sich zeigen.

»Ich weiß, in welchem Haus er wohnt«, sagte Carolyn. »Ich kann euch hinführen.«

Sie machten sich zu viert auf den Weg. Unterwegs dröhnte aus einem Gebäude laute Rockmusik und für einen Augenblick tauchte ein winkender Eriq Weaver hinter dem Fenster auf. An einer Kreuzung bog Carolyn rechts ab und überquerte einen runden Wiesenplatz mit einem Springbrunnen in der Mitte. Die drei ??? folgten ihr und besprachen dabei, wie sie vorgehen wollten.

»In diesem Viertel wohnt Mr Zhào«, sagte Carolyn schließlich. Schon von Weitem war eindeutig zu sehen, welches der Häuser, auf die sie zugingen, bewohnt war. Aus den Fenstern im Obergeschoss ragten Stangen, an denen Wäscheteile an der frischen Luft trockneten: eine silbergraue Hose, ein blaues Hemd, einige Socken und Waschlappen sowie Handtücher. Carolyn ging zielstrebig auf die dazugehörige Eingangstür zu. Die drei Detektive gesellten sich dazu, Bob klingelte, und die Tür wurde geöffnet – nicht von dem entsprechenden Hauscomputer, sondern von dem Bewohner selbst. Mr Zhào war ein eher kleiner Mann mit glatten schwarzen Haaren und einer rahmenlosen Brille. Er mochte etwa vierzig Jahre alt sein.

»Entschuldigen Sie die Störung«, bat Justus. »Wir sind gestern als Testbewohner in die Smart City gekommen und würden gern mit Ihnen sprechen.«

»Sicher.« Zhào Qiaozhis Stimme klang freundlich und hell. Sein Englisch war völlig akzentfrei. »Was kann ich für euch tun?«

»Wir versuchen, alle Vorabbewohner der Stadt kennenzulernen«, sagte Peter. »Wir sind im Rahmen eines Schulprojekts hier und werden auf unseren Bericht eine wichtige Note erhalten.«

Der Chinese lächelte. »Kommt rein. Ich hoffe, es stört euch nicht, dass ich noch beim Frühstück bin.«

»Aber nein.«

Mr Zhào führte sie in sein Wohnzimmer. Das Haus war genauso aufgebaut wie das der drei ???. Er holte noch Stühle und schob sie an den Esstisch, sodass alle Platz fanden. Auf dem Tisch stand eine Schüssel mit einer farblosen Masse – wohl eine Art Getreidebrei.

Der Chinese nahm zwar den Löffel in die Hand, aß aber nicht weiter. »Also, was wollt ihr wissen?«

Weiter auf Seite 123.

Die vier wussten, dass sie eine rasche Entscheidung fällen mussten. Sie durften den Chinesen nicht lange warten lassen. Es war unhöflich genug gewesen, ihn so vor den Kopf zu stoßen und einfach allein sitzen zu lassen.

»Eins nach dem anderen«, sagte Justus. »Reden wir noch ein paar Minuten mit Mr Zhào. Ich glaube, es wird nicht mehr lange dauern. Mich interessiert brennend, was er zu dem Verkehrsunfall zu sagen hat, wo er das Thema Auto schon selbst angesprochen hat. Danach machen wir uns, so schnell es geht, auf den Weg zum Supermarkt. Einverstanden?«

Die anderen stimmten zu.

»Ich schreibe Zondo, dass wir so rasch wie möglich kommen!« Bob tippte hastig eine Nachricht als Antwort und erhielt sofort ein *OKAY* zurück.

Während sie sich fragten, ob Zhào Qiaozhi wohl etwas über die Sabotage wusste, machten sie sich auf den Weg zurück ins Wohnzimmer.

Weiter auf Seite 45.

»Na gut, du wirst dir das ja eh nicht ausreden lassen«, sagte Peter. »Schauen wir uns die Stadt an, hier drinnen ist es mir eh gerade zu gefährlich!«

Die drei ??? verließen das Haus. Ihre Helfer waren nicht mehr zu sehen. Bob marschierte los, die Straße, auf der sie gekommen waren, weiter Richtung Zentrum der Smart City. Bald erreichten sie eine Art kleinen Park: eine Wiese, auf der sich ein paar Büsche und kleine Bäume verteilten. Das Licht der untergehenden Sonne spiegelte sich in einem See, der völlig ruhig dalag. Ein Frosch quakte.

»Schön hier, nicht wahr?«, hörten sie eine waberige Stimme, die klang, als wäre die Sprecherin nicht so ganz von dieser Welt. Justus entdeckte sie als Erster – und der Eindruck bestätigte sich. Die Frau lag mit ausgebreiteten Armen hinter einem hüfthohen Busch auf der Wiese und schaute verklärt in den wolkenlosen Himmel. Ein beigefarbenes Kleid mit Spaghettiträgern hüllte ihre klapperdürre Gestalt ein. Sie setzte sich nicht auf, als Justus sie begrüßte.

»Ihr wundert euch vielleicht, dass ich hier so liege«, sagte sie.

»Oh, Sie … Sie können tun, was immer Ihnen gefällt«, meinte Bob.

»Gebt es ruhig zu«, forderte sie. »Die meisten erkennen nicht die Bedeutung dieser Stunde, wenn die Sonne am Versinken, aber noch nicht ganz verschwunden ist. Man sollte in dieser Zeit möglichst eng mit der Natur verbunden sein. Leider ist das hier in dieser schrecklichen Umgebung nur sehr eingeschränkt möglich.«

»Da haben Sie wohl recht«, sagte Justus. »Eine Smart City scheint für eine Naturliebhaberin wie Sie nicht gerade der ideale Ort zu sein. Darf ich fragen, was Sie hierherverschlagen hat? Mein Name ist übrigens Justus Jonas. Das sind meine Freunde Peter Shaw und Bob Andrews.«

»Das darfst du, mein Junge, das darfst du. Moment.« Sie schloss die Augen und atmete tief durch den geöffneten Mund ein und aus, ehe sie sich endlich aufsetzte. »Ich wollte noch ein letztes Mal etwas von der kosmischen Energie des schwindenden Tages tanken. Das versteht ihr sicher.«

»Klar«, meinte Peter, obwohl er überhaupt nichts verstand. Er hatte aber plötzlich das Gefühl, dass es ihrer seltsamen Gesprächspartnerin gefallen könnte, wenn er sich gewissermaßen auf ihre Ebene begab. Er setzte sich. Seine Freunde folgten seinem Beispiel.

»Aber nun zu deiner Frage, Justus. Ich bin beruflich hier.« Sie streckte dem Ersten Detektiv die Hand hin. »Vanessa Scarborough. Ich bin Autorin für die NATURSTERNEFREUND. Ich hoffe, ihr kennt die Zeitschrift.«

»Leider nicht«, gab Justus zu. »Obwohl ich viel lese.«

»Sie ist die führende Zeitschrift der neo-öko-kosmischen Bewegung. Zumindest inhaltlich. Vielleicht von den Verkaufszahlen her nicht ganz.« Was immer das bedeutete.

»Aha«, sagte Bob. »Und in der NATURSTERNEFREUND werden Themen wie diese Smart City behandelt? Das scheint nicht gut zu passen.«

Vanessa Scarborough lächelte. »Du hast recht, aber auch wieder nicht. So ergeht es den meisten Menschen. Erkennen ist Stückwerk, findet ihr nicht?«

»Natürlich«, sagte Justus ernsthaft. »Wer das leugnet, hat wenig vom Leben verstanden.«

Sie schien ehrlich beeindruckt. »Eine erstaunlich reife Aussage für einen so jungen Menschen wie dich. Weißt du etwa um die Kraft des Ökokosmos?« Die drei ??? hatten im Lauf ihrer Fälle schon viele skurrile Typen kennengelernt, aber Mrs Scarborough schien sich einen Platz ganz oben in der Seltsamkeitsliste erobern zu wollen.

»Wir beschäftigen uns auf anderem Weg mit den Themen Erkenntnis und Wahrheitsfindung«, sagte der Erste Detektiv. Kurz überlegte er, eine ihrer Visitenkarten zu zücken, aber er entschied sich dagegen. Es war besser, nicht grundlos bekannt zu machen, dass sie als Detektive in die Smart City gekommen waren.

»Das klingt sehr interessant«, meinte Mrs Scarborough. »Vielleicht darf ich ja später mit euch ein Interview führen? Das könnte mir helfen. Aber ich schulde dir noch eine Antwort. Ich bin in der Stadt, um überzeugt zu werden. Die Besitzer sind der Meinung, wenn …« Sie räusperte sich. »Wenn *jemand wie ich* überzeugt werden kann und in der NATURSTERNEFREUND einen positiven Bericht schreibt, dann kann jeder von der denkenden Stadt überzeugt werden.«

»Das klingt logisch«, sagte Justus. Sein Handy klingelte. Er schaute darauf und sah auf dem Display, dass es Zondo war. »Sie entschuldigen kurz«, bat er, stand auf, hastete drei Schritte zur Seite und nahm das Gespräch an.

Mrs Scarborough nahm das zum Anlass, ebenfalls aufzustehen. »Wenn der Ökokosmos es will«, sagte sie, »werden wir uns wiedersehen. Dann, und nur dann, möchte ich euch befragen. Bewegt es in euren Herzen, ob ihr das Gespräch führen möchtet. Allerdings ist es keinesfalls sicher, dass wir uns wiedersehen. Wenn nicht, denkt nicht mehr an mich, dann war es uns nicht vorherbestimmt!« Sie rauschte davon. Ihr Kleid flatterte um die dünnen Stelzenbeine.

Justus kam zurück, das Handy noch in der Hand. »Das war Zondo«, erklärte er. »Als ich ihm sagte, dass wir in der Stadt unterwegs sind, hat er mich gebeten, dass wir ins Haus zurückkehren. Er will uns gleich noch einmal anrufen.«

Sie machten sich auf den Weg. »Diese Mrs Scarborough war …«, setzte Peter an.

»Seltsam, ja!«, beendete Justus den Satz. »Zumindest liegt dem aber aller Wahrscheinlichkeit nach kein technischer Defekt zugrunde wie den anderen seltsamen Ereignissen, die stattgefunden haben, seit wir in der Smart City angekommen sind. Ich glaube, hier warten noch einige Rätsel und Überraschungen auf uns. Ich bin gespannt, was Zondo uns mitzuteilen hat!«

Sie erreichten ihr Haus. Weil sie nicht wussten, wie lange sie warten mussten, bis Zondo sich wieder meldete, gingen sie nach oben und streckten sich auf den Sitzkissen aus. Das tat gut. Dann klingelte das Telefon.

Weiter auf Seite 77.

»Wir sind Ihnen eine Erklärung schuldig«, sagte Justus.

»Allerdings!« Mr Derlin kam ganz ins Freie und schloss die Tür hinter sich. »Ihr habt hier nichts zu suchen!«

»Weil Sie sich Sorgen um uns machen«, sagte Peter – und nahm ihrem Auftraggeber damit den Wind aus den Segeln.

»Wofür wir Ihnen auch dankbar sind. Aber unsere Ermittlungen –«

»Ich höre«, unterbrach Mr Derlin.

»Um es auf den Punkt zu bringen«, sagte Bob, »haben wir herausgefunden, dass es einen zweiten Diebstahl gab. Hier.«

Mr Derlin schaute sich nervös um. »Seid leise!« Er atmete tief durch. »Ich muss zugeben, das verblüfft mich. Da schicke ich Detektive in die Stadt … und dann entdecken sie mehr, als ich eigentlich will. Verrückte Sache. Aber nun gut. Ihr wisst also über den Diebstahl Bescheid. Eine Meisterleistung von euch. Haltet euch trotzdem raus!«

»Aber –«

»Nichts aber. Peter hatte ganz recht – ich mache mir Sorgen um euch. Hier geht es um ein sehr ernsthaftes Verbrechen, und wer immer *hier* eingedrungen ist, hat Möglichkeiten, von denen ihr nicht mal träumen könnt.«

»Es könnte einen Zusammenhang mit dem Diebstahl im Supermarkt geben«, brachte Peter vor. »Wir dürfen mögliche Spuren nicht vernachlässigen.«

»Ich kann euch versichern«, sagte Mr Derlin, »dass das zwei völlig getrennte Ereignisse sind. Wer immer ins Hauptsteuerzentrum eingedrungen ist, hatte es bestimmt nicht nötig, vorher im Supermarkt als Dieb aufzutreten und eine im Verhältnis wertlose Anlage zu stehlen.«

»Mr Derlin«, sagte Justus eindringlich, »bitte sagen Sie uns, *was* in der Hauptsteuerzentrale entwendet worden ist.«

»Das eine hat mit dem anderen nichts zu tun«, wiederholte ihr Auftraggeber. »Das muss euch als Information genügen. Ermittelt im Supermarkt. Wenn ihr das so bravourös lösen könnt wie den Sabotagefall, habt ihr mehr als genug für mich getan. Ich stehe tief in eurer Schuld … aber *das hier*, nein, das ist nichts für drei Jungdetektive. Bitte geht jetzt.«

Die drei ??? zogen sich missmutig zurück. Auf dem Weg zu ihrem Haus spekulierten sie über die Worte ihres Auftraggebers.

»Ich muss meine alte Idee aufwärmen«, sagte Justus. »Schon bei der Sabotage dachte ich, es handle sich womöglich um Konkurrenten, die hier tätig werden. Das hat sich als falsch herausgestellt. Aber wenn nun in der Hauptsteuerzentrale der Smart City höchst geheime Dinge entwendet werden …«

»Industriespionage!«, erkannte Bob. »Wenn es dabei um richtig viel Geld geht, passt das zu den unglaublichen Möglichkeiten der Verbrecher, die Mr Derlin erwähnte.«

»Unglaublich hat er es nicht genannt«, verbesserte Justus. »Er sprach von Möglichkeiten, von denen wir nicht einmal träumen können.«

»Das ist doch dasselbe«, sagte der dritte Detektiv genervt.

»Seid mal still«, forderte Peter. »Mir kommt da eine Idee …«

Weiter auf Seite 57.

»Was ist denn hier los?«, rief Stephen. »Ich muss sofort die Wasserzufuhr stoppen!« Er zog eine Fernbedienung aus seiner Hosentasche. »Damit kann ich auf die Steuerung des Gewächshauses zugreifen«, erklärte er und begann hektisch Tasten zu drücken.

»Moment mal«, sagte Justus. »Ich glaube, hier liegt ein ganz spezieller Fehler vor.«

»Und der wäre?«, fragte der Techniker, während er sich weiter durch das Steuermenü arbeitete.

»Das sind Tomaten- und Paprikapflanzen. Tomaten brauchen wenig Wasser, Paprika viel. Das wurde bei der Bewässerungssteuerung wohl falsch zugeordnet. Darum verfaulen die Tomatenstöcke, während die Paprikasträucher vertrocknen.«

»Richtig«, ergänzte Bob. »Man muss die Bewässerungsmenge einfach umdrehen.«

Stephen nickte beeindruckt. »Super, Jungs! Seid ihr nebenbei auch noch Hobbygärtner, oder was?«

»Ich lese viel«, erklärte der Erste Detektiv. »Daher habe ich ein profundes Grundlagenwissen auf vielen Gebieten.«

»Aha«, bemerkte Stephen und tippte erneut auf seinem Controller, bis Wasser aus den Schläuchen unter den vertrockneten Paprikasträuchern sprudelte. »Kann mir jetzt vorstellen, wie ihr Mr Derlin beeindruckt habt!«

»Na, das hatte jetzt nicht in erster Linie etwas mit Wissen zu tun«, meinte Peter. Er wollte dem Techniker gerade eine ihrer Visitenkarten reichen, als ein Rascheln seine Aufmerksamkeit auf sich zog. Durch üppig wuchernde Pflanzen kam aus der Tiefe des Gewächshauses ein Bekannter auf sie zu.

»Eine neue Panne?«, fragte Eriq Weaver, der Journalist, der

Peter aus dem Badezimmer befreit hatte. In seinem Schlepp-tau wieder die reiche Aisha Bunbury und ihre Assistentin Carolyn. Anscheinend machte das Trio einen Spaziergang durch die Stadt – und offenbar hatten auch sie Zugang zum Gewächshaus.

»Eine Panne, die nun keine mehr ist«, erklärte Stephen. »Dank der drei jungen Herren hier, die den Fehler entdeckt haben!«

»Sieh einer an! Sind das nicht tolle Jungs, Carolyn?«, flötete die ältere Dame.

»Sicher, Mrs Bunbury«, antwortete das Mädchen.

»Interessant«, meinte der Journalist. »Vielleicht kann ich euch für die Artikelserie interviewen, die ich über die Smart City schreibe. Wie wäre das?«

»Gerne«, sagte Justus. »Aber gerade sind wir beschäftigt.«

Mr Weaver winkte ab. »Morgen reicht völlig. Ich darf ohne-hin erst in drei Wochen über all das hier berichten. Bis dahin gilt eine allgemeine Nachrichtensperre.«

»Was ist in drei Wochen?«, fragte Peter.

»Kurz danach wird die Smart City feierlich eröffnet. Vorher soll es einen großen Pressewirbel geben. Und solche Details wie letzte Fehler und drei pfiffige Jungs, die sie finden, das gefällt den Lesern.« Er winkte. »Also, bis die Tage.«

Mrs Bunbury folgte ihm, nicht ohne zwischen den verfaulten Blättern doch noch eine winzige reife Tomate zu entdecken, sie zu pflücken und sich in den Mund zu stecken. »Die sind gut, Carolyn, nicht wahr?«

»Sicher, Mrs Bunbury.« Carolyn scharwenzelte hinterher, machte jedoch einen Abstecher zu Bob, der ihr am nächsten stand. »Ich hab morgen früh frei und muss nicht ständig die alte Bunbury umschwirren. Wollen wir uns treffen? Ich bin schon vier Tage hier, vielleicht kann ich euch was zeigen, was ihr noch nicht kennt.«

»Warum nicht«, sagte Bob. »Acht Uhr?«

»Acht?«, mischte Peter sich ein.

Carolyn verzog das Gesicht. »Zu früh. Neun Uhr, okay? Ich komme zu euch.«

Der dritte Detektiv stimmte zu und Peter stieß erleichtert die Luft aus. Carolyn verschwand zwischen den Pflanzen.

Justus knetete seine Unterlippe. »Und jetzt sollten wir das tun, was wir dringend erledigen müssen!«

»Und das wäre?«

»Na, was schon?« Der Erste Detektiv wandte sich an den Techniker. »Stephen? Wir müssen noch mal um Ihre Hilfe bitten!«

Weiter auf Seite 115.

»Schnappt sie euch!«, rief Peter. »Sie blufft, das ist nur ein Controller!«

»Nur ein Controller?«, rief die Technikerin – und im selben Moment heulte ein ohrenbetäubender Alarm los. Gleichzeitig wurde es erst blendend hell, als die Lampen ihre Helligkeit aufdrehten – und dann stockdunkel, als alle Lichter gleichzeitig erloschen!

Den drei ??? tanzten grelle Flecken vor den Augen. Trotzdem stürzten sie sich auf ihre Gegnerin und wollten sie packen, doch sie schaffte es, ihnen auszuweichen.

Im Dunkeln hörten sie sie zur Ausgangstür rennen.

Peter folgte ihr als Erster. Er hatte sie schon fast erreicht, als sie die Tür aufriss, ins Freie stürmte und die Tür wieder hinter sich zuschlagen wollte – doch der Zweite Detektiv fing die Tür ab, ehe diese ins Schloss fallen konnte. Er stieß sie wieder ganz auf, damit seine Freunde ihm folgen konnten.

Die Technikerin rannte durchs Dunkel. In weitem Umkreis brannte keine Straßenlaterne mehr. Offenbar war es der Flüchtenden gelungen, der ganzen Gegend den Strom abzudrehen.

Peter blieb der Frau dicht auf den Fersen. »Hier lang!«, rief er seinen Freunden zu. Er hörte hastige Schritte hinter sich. Wie es klang, kamen nicht nur Justus und Bob, sondern auch einige der anderen Techniker ihnen nach.

Der Zweite Detektiv keuchte. Die Technikerin war schnell – aber Peter auch. Er holte sogar ein wenig auf. Sein Herz schlug wie wild.

Sie bog ab, hetzte über eine Rasenfläche, Peter hinterher. Vor ihnen tauchte ein riesiges Etwas auf, in dem sich das schwache Mondlicht spiegelte. Das musste die Glaskuppel des Gewächshauses sein!

Die Technikerin rannte darauf zu.

Was hatte sie vor? Sie wurde langsamer. Peter triumphierte schon – doch dann sah er, dass sie den Controller in Händen hielt. Deshalb hatte sie ihr Tempo verringert. Sie konnte ihn nicht in vollem Lauf bedienen. Sie erreichte den Eingang ins Gewächshaus, öffnete, ohne auch nur eine Sekunde Zeit zu verlieren, und hastete hinein.

Peter war nur Augenblicke später dort – und ihn empfing das grelle Licht eines Rotlichtstrahlers, der mitten in sein Gesicht schien. Er schloss geblendet die Augen.

Gleichzeitig rauschte und raschelte es.

Etwas klatschte auf Peter.

Der Zweite Detektiv zuckte erschrocken zusammen, doch es war nur Wasser. Er wankte aus dem Strahlerlicht, und als er wieder sehen konnte, war ihm klar, was die Technikerin mit dem Controller angerichtet hatte. Überall strömte Wasser aus den Beregnungsanlagen. Auf dem Boden bildeten sich rasend schnell Pfützen. Blätter raschelten, als Tropfen über sie rannen und zu Boden platschten. Und überall leuchteten Wärmelampen.

Wo war die Flüchtende?

Sie musste doch ganz in der Nähe sein! Verflixt, es rauschte und raschelte überall und Sprühregen glitzerte und flackerte im Rotlicht.

Plötzlich standen Justus und Bob bei ihm, genau wie einige der Techniker.

»Gibt es noch einen anderen Ausgang?«, rief Peter.

»Hinten, zum Befahren mit –«, setzte Stephen Robertson an.

»Bringen Sie uns hin«, fiel Peter ihm ins Wort. »Und ein paar behalten den Eingang hier im Auge!«

Sie hasteten durch das Gewächshaus, quer durch irgendwelche Beete, vorbei an üppigen Sträuchern und Büschen. Dass sie dabei klatschnass wurden, bemerkten sie kaum. Peter zerquetschte unter seinen Füßen irgendeine glitschige Pflanze. Dornen verhakten sich in seiner Hose und rissen seine Haut auf. Er achtete nicht darauf. Plötzlich tauchte vor ihm ein Spinnennetz auf, eine fette Spinne hockte an der Seite. Peter rannte mitten hindurch, wischte die Fäden weg und spürte das Tier zwischen den Fingern. Angeekelt schüttelte er es ab und hatte es im nächsten Moment schon wieder vergessen. Denn vor sich sah er die Technikerin!

Diesmal würde sie ihm nicht entkommen!

Fast hätte er »Stehen bleiben!« gerufen, doch er sparte sich lieber den Atem. Stattdessen holte er noch einmal das Letzte aus sich heraus, setzte zu einem Sprung an, flog über einen Strauch mit leuchtend roten Beeren …

… und bekam die Technikerin am Arm zu fassen!

Sie schrie auf, riss sich los und stieß den Zweiten Detektiv zur Seite. Der taumelte, fing sich aber ab, wollte sich umdrehen und rutschte in einer Matschpfütze aus. Mit rudernden Armen fiel er rückwärts und landete in dem Beerenstrauch. Ästchen brachen unter seinem Gewicht, es knackte und splitterte. Peter rollte sich ab, stützte beide Hände auf den Boden. Zwischen den Fingern quoll roter Beerenmatsch heraus. Es fühlte sich widerwärtig schleimig an.

Doch schon war er wieder auf den Füßen, hastete geduckt auf

die Technikerin zu, sprang wieder – und brachte sie diesmal mit sich zu Fall.

Sie landeten zwischen zwei erstaunlich weichen Sträuchern.

Als die Frau sich zur Seite drehte und er ihr völlig verschmiertes Gesicht sah, wurde Peter klar, wie er selbst auch aussehen musste. Er fühlte Matsch aus den Haaren über die Stirn rinnen und wischte ihn weg, ehe er ihm die Augen verkleben konnte.

Gleichzeitig waren Bob, Stephen und zwei weitere Techniker bei ihnen. Sie umringten die Diebin, für die es nun kein Entkommen mehr gab.

»Audrey!«, sagte Stephen. »Wie konntest du?«

Seine Kollegin wischte sich Dreck aus dem Gesicht und verschmierte ihn nur noch mehr. »*Wie* ich konnte?«, fragte sie spöttisch. »Ich habe die Systeme manipuliert und …«

»Du weißt genau, was ich meine! Diebstahl? Du?«

Sie schaute ihn an. »Ich dachte, niemand findet es heraus. Ich wollte die Anlage weiterverkaufen und sie an die Bedürfnisse des Kunden anpassen. Hätte sicher eine ordentliche Summe gebracht!«

Stephen schüttelte den Kopf. »Aber die denkende Stadt … Audrey, das war doch *unser* Projekt! Wir haben das alles hier möglich gemacht!«

»Quatsch!«, sagte die Technikerin. »Wir waren die Sklaven, die für die feinen Herren schuften durften! Für die Superreichen, denen die halbe Stadt gehört und die mit ihr Millionen scheffeln! Aber ich sag dir was, auch die sind nicht ganz sauber!«

»Ach, Audrey, das ist doch …«

»Hör auf mit dem Gequatsche«, verlangte sie. »Ruft schon die Polizei.« Sie wollte aufstehen, rutschte aber in dem Matsch noch mal aus und plumpste zurück.

»Die Polizei ist bereits unterwegs«, versicherte der Erste Detektiv, der auch hinzugekommen war. »Sie werden nicht allzu lange warten müssen, Mrs …« Er hob beim letzten Wort fragend die Stimme.

»Das geht dich einen feuchten Dreck an!«, giftete die Technikerin, während sie versuchte, sich aus ebendiesem zu erheben.

Das waren die letzten Worte, die die drei ??? von ihr hörten.

Der Fall um den Diebstahl im Supermarkt war ebenfalls aufgeklärt.

Aber es gab noch ein Rätsel zu lösen, einen weitaus gefährlicheren und brisanteren Fall. Und bei dem hieß es alles oder nichts – in Sachen Spionage und Einbruch ins Hauptsteuerzentrum der denkenden Stadt würden die drei ??? alles aus sich herausholen müssen!

Weiter geht's auf Seite 74.

Die drei ??? sahen noch zu, wie die beiden Saboteure von den Polizisten abgeführt wurden, dann machten sie sich durch die dunkle Stadt auf den Weg zu ihrem Haus. Dabei erklärte Justus, was er sich zusammengereimt hatte: »Fangen wir ganz vorne an. Eriq Weaver ist Journalist … Er braucht eine möglichst tolle Story. Dafür ist ihm offenbar jedes Mittel recht. Kleine Fehlerchen im Alltagsablauf sind nicht gerade prickelnd. Also hat er ein wenig nachgeholfen und durch seine erste Sabotage den Autounfall herbeigeführt. Dann sind wir in die Stadt gekommen. Drei Jugendliche, die gleich nach ihrer Ankunft in Gefahr geraten? Darüber lässt sich etwas schreiben! Deshalb hat er das vorbereitet, indem er die Steueranlage in unserem Haus manipulierte.«

»Klingt einleuchtend«, sagte Bob. »Und nun wird mir auch klar, welche Rolle Richie Harmon spielte.«

Peter nickte. »Logisch! Der saubere Mr Weaver hat die Sache geplant, aber ausführen konnte er sie nicht. Weil ihm das technische Wissen dafür fehlt. Da kam Mr Harmon als Helfer gerade recht. Mit seinem Know-how war es ihm möglich, sowohl die Autos als auch unsere Hausanlage zu sabotieren. Wahrscheinlich hat Mr Weaver ihm einen Teil seines Verdienstes vom Verkauf der Story versprochen.«

Sie waren schon fast bei ihrem Haus angekommen. Im Licht der Straßenlaternen flirrte eine Unzahl kleiner Mückchen.

»Okay. Dann müssen wir jetzt überlegen, wie wir den Dieb finden, der im Supermarkt …«, setzte der Erste Detektiv an.

»Das ist ein Problem für morgen«, unterbrach Peter. »Ich bin hundemüde! Wie spät ist es? Drei Uhr nachts?«

»Vier Uhr«, sagte Bob. »Genauer gesagt: viiiiel zu spät!«

Im Haus hörten sie nur noch Chloes »Willkommen! Wie geht es euch?«, dann fielen sie ins Bett.

Als sie sich am nächsten Tag aus den Federn quälten, stellten sie fest, dass es schon zwölf Uhr war. Sie schlurften nacheinander ins Bad und versammelten sich dann am Esstisch.

Aber noch ehe Justus den ersten Bissen nehmen konnte, klingelte sein Handy. Mit einem wehmütigen Blick auf das köstliche Sandwich, das er sich mühevoll belegt hatte, nahm er das Gespräch an.

»Hier ist Zondo. Ihr habt in der Nacht klasse Arbeit geleistet, Jungs! Mr Derlin ist total begeistert, dass ihr die Saboteure enttarnt habt. Er ist persönlich in der Stadt. Genau wie die beiden anderen Hauptaktionäre der Smart City. Sie wollen euch treffen. Ich hole euch in einer Stunde ab, ja?«

»Klar! Wir sind gespannt.« Und das war der Erste Detektiv tatsächlich, genau wie seine Freunde. Die weiteren Ermittlungen mussten sie vorerst zurückstellen. Das sehr späte Frühstück genossen sie trotzdem.

Zondo kam pünktlich. »Wir können zu Fuß gehen. Das Treffen wird in dem Haus stattfinden, in dem Mr Derlin vorübergehend eingezogen ist. Die anderen Gäste kommen sicher auch bald.«

Doch da täuschte er sich. Sie waren bereits alle versammelt, als die drei ??? mit Zondo in Mr Derlins Wohnzimmer traten.

»Da sind sie, die Helden der Stunde!«, rief ein bronzefarben gebräunter Mann in Hawaiihemd und Shorts. »Ich bin Corey Derlin und freue mich, euch endlich zu treffen.«

»Molly Goodwin«, sagte eine Frau mit grauen, zu einem strengen Knoten gedrehten Haaren, die perfekt zu ihren Augen passten. In ihrem weiten, weißen Leinenkleid wirkte sie erstens unauffällig und zweitens wahrscheinlich zehn Jahre älter, als sie tatsächlich war.

Auch der Dritte im Raum stellte sich vor. »Gerald Zimmerman, freut mich.« Er war von der Halbglatze bis zu den schwarzen Schuhen eine Allerweltserscheinung, die in einer Menge sofort untergegangen wäre.

So also sahen sie aus, die drei Hauptbesitzer der Smart City. Obwohl sie nicht den Eindruck erweckten, mussten sie alle stinkreich sein.

Justus übernahm es, sich und seine Freunde vorzustellen. »Wir sind froh, dass wir helfen konnten, und bedanken uns noch mal für die Einladung in diese interessante Stadt.«

»Wie ihr bewiesen habt, war es die richtige Entscheidung«, sagte Mr Derlin. »Saboteure im Namen einer tollen Story für die Zeitung, wer hätte das gedacht!«

»Eine Sache noch!«, sagten Justus und Mr Derlin gleichzeitig. Sie sahen sich überrascht an und meinten dann wiederum gleichzeitig: »Bitte sehr, ich kann warten.«

Und jetzt? Was Justus auf dem Herzen hat, bringt er auf Seite 44 vor. Auf Seite 111 kannst du erfahren, was Mr Derlin sagen will.

102

Im Stockdunkeln tastete sich der Zweite Detektiv in Richtung Sauna vor – falls er nicht längst jede Orientierung verloren hatte. Er sah sich schon über den Badewannenrand kippen und hineinfallen. Bei seinem Glück würde die Wanne auch noch gleich volllaufen, ohne dass er das Wasser aufdrehte.

Verflixte Fehlfunktionen! Solche Automatisierungen waren nur dann gut, wenn alles reibungslos lief, und davon konnte momentan überhaupt keine Rede sein.

Da fiel ihm etwas ein.

»Chloe«, sagte er und kam sich noch bescheuerter vor als vorhin bei seinem Hilferuf. »Schalte das Licht im Badezimmer im Erdgeschoss an!«

»Sehr gerne«, ertönte die weiche Stimme des Hauscomputers. »Allerdings hält sich dort niemand auf. Es wäre Energieverschwendung. Soll das Licht wirklich eingeschaltet werden?«

»Ja!«, rief Peter wütend. »Ich bin nämlich sehr wohl da drin! Und wo du gerade beim Thema Energieverschwendung bist: Stell die Sauna aus!«

»Die Saunaautomatik ist nicht aktiv«, behauptete Chloe. Wenigstens ging das Licht an. Die Hitze blieb unverändert. Aus der offen stehenden Dampfkabine quoll weiterhin süßlich duftender Nebel.

Der Zweite Detektiv ging darauf zu. Die hohe Luftfeuchtigkeit verschlug ihm den Atem. Er schloss die Tür der Kabine und fand daneben ein kleines Eingabefeld, das aussah wie der Bildschirm eines Smartphones. Der Temperaturregler zeigte 90 Grad an. Zu seiner Erleichterung fand Peter daneben eine Möglichkeit, die Sauna abzustellen. Er tippte auf das Symbol, es klackte und das Eingabefeld wurde dunkel.

»Glaubst du mir jetzt, dass die Sauna eingeschaltet war, Chloe?«, fragte er schnippisch.

»Verzeihung, aber du irrst dich«, behauptete der Computer, »meine Speicher zeigen ganz klar das Gegenteil.«

Peter verspürte nicht die geringste Lust, mit einem Computerprogramm zu diskutieren, während er verschwitzt und halb nackt im Badezimmer eingeschlossen war.

Er ging zur Tür und drehte den Knauf. Nach wie vor verschlossen. »Öffne die Tür des Badezimmers«, forderte er.

»Sie ist nicht verschlossen«, sagte Chloe höflich.

Ich hasse die Smart City jetzt schon, dachte der Zweite Detektiv, *hier kann man wohl kaum von kleinen Pannen reden.*

Oder hatte er einfach nur totales Pech? Er hämmerte gegen die Tür und rief nach seinen Freunden. Sie waren doch im Haus, warum hörten sie ihn denn nicht?

Weiter geht's auf Seite 17.

Der dritte Detektiv verabschiedete sich und machte sich auf den Weg ins Haus der drei ???, um dort das Internet zu nutzen.

»Weil unser Freund nun nicht mitgeht, Sir«, sagte Peter zu Mr Derlin, »könnte doch Stephen Robertson uns begleiten und sozusagen Bobs Platz einnehmen?«

»Wieso?«

»Er hat uns einige Male geholfen und wir haben ihn im Supermarkt vor den Kopf gestoßen. So könnten wir uns bei ihm revanchieren und entschuldigen. Er sagte, er würde sehr gern einmal das Hauptsteuerzentrum sehen.«

»Außerdem«, ergänzte Justus, »ist er ein guter Techniker. Vielleicht entdeckt er etwas.«

»Es haben sich einige Spezialisten von außerhalb die Sache angesehen«, sagte ihr Auftraggeber skeptisch. »Hoch qualifizierte Leute. In der Stadt wissen nur wir drei Hauptaktionäre und Mr Zhào von dem Diebstahl. Wir wollen es nicht öffentlich werden lassen.«

»Mr Robertson ist unserer Meinung nach absolut vertrauenswürdig«, sagte Justus. »Er wird dank seiner Fähigkeiten andere Dinge als wir wahrnehmen, sodass wir später einen Ansprechpartner haben, wenn wir über gewisse Details …«

»Schon gut«, unterbrach Mr Derlin. »Er kann uns begleiten.«

Sie verließen das Haus, gingen Richtung Steuerzentrum.

Peter rief bei Stephen Robertson an, den das unerwartete Angebot freudig überraschte. Der Techniker kam noch vor den beiden Detektiven und Mr Derlin beim Steuerzentrum an und wartete vor der Haustür auf sie.

Mr Derlin öffnete, indem er nicht nur seine Karte vor den

Sensor hielt, sondern auch seinen Finger auf ein Feld legte, wo dessen Abdruck gescannt wurde. Selbst das genügte nicht – er nannte noch seinen Namen, wobei seine Stimme auf ihr genaues Muster geprüft wurde.

Erst dann öffnete sich die Tür.

Der Anblick, der sich ihnen bot, überraschte die beiden Freunde. Es schien sich um ein ganz normales Wohnhaus zu handeln. Doch sie hatten ja schon erfahren, dass das eigentliche Steuerzentrum in einem unterirdischen Bereich lag.

»Ist dies der einzige Weg hinein?«, fragte Justus. »Muss der Dieb also diesen Weg genommen haben?«

»Das ist eines der vielen Rätsel«, sagte Mr Derlin. »Die Fenster bestehen aus einem speziellen, sehr bruchsicheren Glas und lassen sich nicht öffnen. Da sie unbeschädigt geblieben sind, muss der Dieb durch die Tür gekommen sein. Allerdings ist in den automatischen Speichern der Sicherheitsanlage dieser Vorgang nicht abgelegt. Er muss also gelöscht worden sein.«

Peter drehte sich um. »Soll das heißen, der Dieb hat die Prozedur mit Spezialkarte, Fingerabdruck und Spracherkennungsmuster erfolgreich durchlaufen?«

»So sieht es aus, ja.« Mr Derlin seufzte. »Wobei das unmöglich ist! Er muss einen Weg gefunden haben, das System zu überlisten.«

»Kann er von außen auf die Computeranlage zugegriffen haben?«, fragte Bob. »Also die Daten drahtlos über eine WLAN-Verbindung gestohlen haben?«

»Das ist unmöglich«, versicherte Mr Derlin. »Dagegen ist das System sehr gut geschützt. Außerdem ist nachgewiesen, dass

106

eine der Arbeitsstationen im Zentrum benutzt wurde. Dort wurden die Daten auf eine externe Festplatte geladen. Nur dank dieser Information wissen wir überhaupt von dem Diebstahl.«

Justus knetete seine Unterlippe. »Wer außer Ihnen hat Zugang?«

»Zwei Computerspezialisten, die aber absolut vertrauenswürdig sind. Außerdem haben sie für die entsprechende Zeit ein wasserdichtes Alibi.«

Die beiden Freunde verkniffen sich den Hinweis, dass es so etwas nicht gab – sie hatten schon mehrfach erlebt, dass sich auch vermeintlich todsichere Alibis irgendwie fälschen ließen.

»Außerdem natürlich ich selbst«, fuhr Mr Derlin fort, »und Mr Zimmerman sowie Mrs Goodwin, die anderen beiden Hauptaktionäre der Smart City, die ihr ja kennengelernt habt.«

»Entschuldigen Sie die Frage«, sagte Justus, »aber diesen beiden vertrauen Sie ebenfalls? Ihnen wäre es möglich gewesen, ohne Spuren zu hinterlassen, einzu…«

»Ob ich ihnen vertraue oder nicht«, fiel Mr Derlin ihm ins Wort, »spielt gar keine Rolle. Für sie ergibt ein Diebstahl absolut keinen Sinn! Die Daten, die gestohlen wurden, sind Millionen Dollar wert … aber sie *gehören* ja sozusagen vor allem uns dreien. Mr Zimmerman und Mrs Goodwin hätten sich selbst bestohlen, wenn sie die Täter wären!«

»Ein Versicherungsbetrug?«, warf Peter ein.

»Vergesst solche Überlegungen«, sagte ihr Auftraggeber, während er eine Zimmertür öffnete, hinter der die Jungs das Bad wähnten. Dahinter aber befand sich ein Metallgitter, das den

Zugang zu einer silbernen, geschlossenen Tür verhinderte. Mr Derlin drückte auf den Rufknopf eines Aufzugs. »Wir haben seit Jahren Zeit und Geld in die Entwicklung der Smart City gesteckt. Jetzt wird es sich bald auszahlen und die Versicherung kann einen möglichen Verlust nicht einmal ansatzweise abdecken.«

Das war eindeutig. »Sie verstehen sicher«, sagte Justus, »dass wir in alle Richtungen denken müssen. Aber sehen wir uns jetzt erst mal den zentralen Steuerraum an!«

Der Fahrstuhl kam, die silbernen Türhälften öffneten sich und das geschlossene Metallgitter rollte nahezu lautlos zur Seite.

Zu viert traten sie in die Kabine. Wieder musste sich Mr Derlin mit einem Sprachbefehl ausweisen und diesmal hielt er sein Auge vor eine Spiegelfläche, über die kurz ein rotes Licht huschte.

»Ihr Augenhintergrund wird geprüft?«, fragte Justus beeindruckt.

»Der ist ebenso individuell wie ein Fingerabdruck«, erklärte Mr Derlin. »Nur noch schwerer zu fälschen. Erst nach positiver Prüfung setzt sich der Aufzug in Bewegung. Einen anderen Weg nach unten gibt es nicht.«

Die Frage, wie sich der geheimnisvolle Täter Zugang zu diesem extrem gesicherten Bereich verschafft hatte, wurde immer drängender. Den beiden Detektiven war klar, dass das das alles entscheidende Rätsel war – wenn sie es lösten, hatten sie den Täter schon fast in der Tasche.

»So langsam verstehe ich«, sagte Peter, »wieso Sie gestern sagten, wer diesen Diebstahl begangen hat, braucht nicht nebenbei noch im Supermarkt irgendetwas zu stehlen.«

Mr Derlin nickte, während sie nach unten fuhren. Die Fahrt dauerte nur Sekunden, dann öffnete sich die Tür und ihnen bot sich ein Blick ins Wunderland.

Die Ausmaße der Halle reichten zweifellos um ein Vielfaches weiter als die des Hauses, das den Zugang dazu bot. Rundum an den Wänden standen riesige Computeranlagen, die aus ineinander verschachtelten Metallblöcken und -türmen bestanden. In der Mitte der Halle standen etwa ein Dutzend Schreibtische mit dicken Glasplatten. In der Luft lag ein ständiges Summen aus tausend Geräten. Sie war perfekt temperiert und schmeckte zwar ein wenig künstlich, aber frisch.

Außer ihnen hielt sich niemand in dem Steuerzentrum auf. Stephen ging mit großen Augen tiefer in den Raum.

»Ich nehme an, ein System aus Überwachungskameras zeichnet ständig auf, was hier passiert?«, fragte Justus.

»Selbstverständlich.«

»Und diese Kameras zeigen den Diebstahl nicht?«

Ihr Auftraggeber schüttelte den Kopf. »Nicht das kleinste bisschen! Es ist in der Nacht passiert, als niemand hier Dienst hatte. Und als den Kameras zufolge auch niemand im Raum war!«

»Ganz klar«, sagte Peter, »die Aufzeichnungen müssen manipuliert oder ausgetauscht worden sein. Vielleicht zeigen sie Aufnahmen aus der Nacht vorher.«

»Von wo aus sind die Daten heruntergeladen und kopiert worden?«, fragte Stephen.

Mr Derlin ging zu einem der Schreibtische. »Diese Arbeitsstation wurde benutzt.«

»Können Sie sie aktivieren?«, bat der Techniker.

Mr Derlin legte seine flache Hand auf die Seite des Schreibtischs. »Derlin«, sagte er. »Autorisation 3-11.«

Die gläserne Tischoberfläche leuchtete auf und verwandelte sich in die Anzeige eines Computersystems. »Ich habe genau wie Mr Zimmerman und Mrs Goodwin einen Zugang – ein Privileg, mit dem wir alle drei nichts anfangen können. In diesem System finden sich nur absolute Spezialisten zurecht.«

»Darf ich?«, fragte Stephen.

»Bitte.« Mr Derlin lächelte matt. »Allerdings reicht meine Sicherheitsstufe nicht aus, dass ich in die eigentlich interessanten Bereiche des Systems vordringen könnte.«

»Aber …«

»Was ist, Mr Robertson?«

»Aber sie reicht aus, dass ich *das hier* erkennen kann!«

»Wovon reden Sie?«, fragte Justus alarmiert.

»Mr Derlin, Sie sagten, vorgestern wurden Daten aus dem System heruntergeladen und auf einen Speicher kopiert.« Der Techniker schaute sich hektisch um. »Genau das passiert wieder. Jetzt gerade – irgendwo hier in der Halle!«

Weiter auf Seite 119.

»Sie natürlich zuerst, Sir«, sagte Justus nun.

Mr Derlin nickte. »Okay, Junge. Ich habe eine klare Bitte an euch. Achtet weiterhin auf mögliche Fehler, aber haltet euch von dem Hauptsteuerzentrum der Smart City fern. Ihr wisst schon, das Gebäude, zu dem ihr keinen Zutritt habt. Es mag … Gerüchte geben, aber ihr habt dort nichts zu suchen. Verstanden?«

»Verstanden«, wiederholte Justus und machte sich gleich gedanklich eine Notiz, auch dieser Sache auf den Grund zu gehen. Dann brachte er sein Anliegen vor. »Im Gegenzug haben wir auch eine Bitte. Es geht um den Diebstahl.«

»Diebstahl«, wiederholte Mr Derlin. »Ja, das ist ein gutes Thema.« Er wechselte einen raschen Blick mit Mrs Goodwin und Mr Zimmerman. Was das wohl zu bedeuten hatte? »Also, was habt ihr zu sagen?«

»Während die Sabotagefälle geklärt sind«, begann Bob mit der Antwort, »sind die Vorgänge rund um den Einbruch und den Diebstahl noch völlig offen.«

»Wir würden dem gern nachgehen und sind zuversichtlich, auch dieses Rätsel lösen zu können«, sagte Peter. »Soweit wir wissen, ist die Polizei noch nicht informiert worden, um möglichst wenig negative Schlagzeilen auszulösen.«

»Sie hatten uns ja nicht als Detektive im eigentlichen Sinn engagiert«, ergänzte Justus, »aber wir würden Sie gern bitten, hier offiziell ermitteln zu dürfen.«

»Einverstanden«, sagte Mr Derlin.

Weiter auf Seite 140.

»Moment!«, sagte Bob. »Und wer ist Ihr Auftraggeber?«

Zondo zögerte. »Das darf ich euch leider erst –«

»Das ist doch egal, Bob – hast du gehört, was er gesagt hat? *Denkende Stadt!* Wir haben ja schon viel Verrücktes erlebt, aber das toppt alles. Wollen Sie uns ver…«

»Nein, nein«, unterbrach Justus. »Jetzt beruhigen wir uns alle mal und Sie, Mr Zondo, führen Ihre Andeutungen vielleicht noch etwas weiter aus.«

»Zondo! Einfach nur Zondo. Aber ihr habt recht. Ich hätte nicht gleich mit der Tür ins Haus fallen sollen. Ich fange vorne an. Bei der denkenden Stadt. Oder … hm … na ja …«

»Was denn?«, fragte Bob.

»Kann ich bitte vorab etwas zu trinken bekommen?«

Sie ließen die Metallstangen im wahrsten Sinne des Wortes links liegen und marschierten quer über den Hof zum Haus der Familie Jonas. Dort dirigierte Justus seine beiden Freunde und ihren Gast auf die Veranda und verschwand im Haus. Er war so neugierig, dass er sich wahllos vier kleine Flaschen schnappte – drei Limos und ein Wasser – und wieder nach draußen eilte. Zu seinem Verdruss nahmen sich nicht nur Peter und Bob, sondern auch Zondo jeweils eine der Limos, sodass für ihn nur das Wasser übrig blieb.

Nach einem herzhaften Schluck sagte der Besucher: »Die denkende Stadt denkt natürlich nicht wirklich. Oder nur in einem gewissen Sinn. Es handelt sich um eine Smart City.«

»Oh!«, machte Bob. Justus pfiff durch die Zähne.

»Bin ich der Einzige, der mit diesem Begriff gar nichts anfangen kann?«, fragte Peter.

»Nein, da bist du in guter Gesellschaft«, sagte Zondo. »Viele

Menschen wissen nicht, worum es sich bei einer Smart City handelt. Noch nicht. In ein paar Jahren wird das in aller Munde sein.«

»Ich habe auch nur eine sehr vage Vorstellung davon«, gab Bob zu. »Ich habe einen Artikel über eine Smart City in China gelesen. Ist dort nicht alles durch Technologie geregelt?«

Zondo nickte. »Ja, es gibt dort sehr viel Technik. Aber vorrangig geht es um etwas anderes. Nämlich darum, dass das Alltagsleben einfacher, effektiver, bequemer und gleichzeitig umweltverträglicher und sozialer wird.«

Peter schwirrte der Kopf. »Und … was heißt das konkret?«

»Ich rede jetzt einfach mal von *unserer* Smart City, okay? Dort wird jeder Bereich im Alltag von modernster Technologie gesteuert, wie eben ein sich selbst regelnder Verkehr. Dazu gibt es zum Beispiel öffentliche Selbstversorgergärten und ein Gewächshaus, in dem je nach Jahreszeit verschiedene Nutzpflanzen angebaut werden. Und die Einwohner sollen sich an der Gestaltung der Stadt beteiligen. Es ist nicht ganz einfach zu erklären – darum sollt ihr es euch anschauen und es selbst erleben.«

»Langsam, langsam«, sagte Justus. »Sie haben gerade schon erwähnt, dass wir dort Testbewohner werden sollen. Wie kann ich mir das vorstellen?«

»Unsere Smart City steht kurz vor der Fertigstellung. Eine Menge Häuser sind schon verkauft, die künftigen Bewohner warten darauf, einziehen zu können. Aber noch gibt es kleinere Probleme, die gelöst werden müssen.«

Peter deutete auf die Laptoptasche. »Zum Beispiel Autos ohne Fahrer, die zusammenprallen?«

Zondo nickte. »Genau. Dass die Autos automatisch fahren, ist übrigens innerhalb der Stadt normal. Wir haben ein Autopilot-System, das die Bewohner an jeden Ort bringt, ohne dass sie selbst etwas tun müssen, außer das Ziel zu nennen. Einfach einsteigen und am Ziel aussteigen. Die Bewegungssensoren und Abstandshalter unserer Wagen sind eigentlich absolut sicher im computergesteuerten Straßennetz!«

»Klingt nicht sehr überzeugend, wenn es trotzdem zu Unfällen kommt«, warf Peter ein.

»Irgendwo muss es einen Fehler geben. Wie auch noch an anderen Stellen in dem komplizierten System der Stadt. Deshalb will mein Auftraggeber euch als Testbewohner. Schaut euch dort um! Findet versteckte Tücken!«

»Und wie kommt Ihr geheimnisvoller Auftraggeber ausgerechnet auf uns?«, fragte Bob.

»Das erzähle ich euch später – wenn ihr zustimmt. Abreise ist morgen, alle Kosten werden von uns übernommen. Es sind Ferien. Und ist euer Leitspruch nicht *Allzeit bereit*?«

»Äh … nein«, stellte Justus klar. »Er lautet *Wir übernehmen jeden Fall.* Aber um Sie zu beruhigen: Wir verstehen, was Sie meinen.«

»Und? Was sagt ihr?«

Ja … wie sollen die drei ??? mit dem Angebot umgehen? Wenn sie annehmen sollen, lies weiter auf Seite 128. Ein entschiedenes »Nein!« gibt's auf Seite 32.

»Was gibt's, Justus?«, fragte der Techniker.

»Es geht um die beiden Autos, die zusammengestoßen sind. Wir würden gern diese Unfallwagen sehen.«

»Sie wurden bestimmt aus dem Verkehr gezogen?«, vermutete Peter.

Stephen grinste. »Wortwörtlich, ja. Sie stehen in einer Reparaturhalle in der Nähe der Hauptsteuerzentrale. Ich bring euch hin. Wir können zu Fuß gehen. Es ist nicht weit.«

Tatsächlich marschierten sie weniger als fünf Minuten. In der Nähe eines unauffälligen, einstöckigen Gebäudes blieb Stephen stehen. »Das ist die Hauptsteuerzentrale, der einzige Ort, der euch verschlossen bleibt. Mir übrigens auch. Nur sehr wenige kommen dort rein.«

»Das kleine Häuschen hier?«, fragte Bob verblüfft.

»Ihr müsstet mal den Keller sehen!« Stephen grinste. »Im Ernst: Der unterirdische Bereich ist weitaus größer als der sichtbare Teil. Ich würde das zu gerne mal sehen, kenne selbst nur Baupläne. Aber wir wollten ja zur Reparaturhalle.« Er setzte sich wieder in Bewegung und bald erreichten sie ein lang gezogenes Gebäude. »Da sind wir.«

Peter hielt seine Chipkarte an das Sensorfeld neben der breiten Schiebetür. Er erhielt Zugang. Innen sah es aus wie in einer völlig normalen Autowerkstatt. Die beiden Unfallwagen waren sofort zu erkennen – erstens, weil ihre Kühlerhauben stark zerbeult waren, und zweitens, weil es sonst keine Autos gab.

»Danke, Stephen«, sagte Justus.

»Gern. Kommt ihr hier jetzt auch allein zurecht? Ich möchte noch etwas erledigen. Falls was ist, stehe ich euch zur Verfü-

115

gung, aber ich bin auch nicht böse, wenn ich für heute Feierabend machen kann …« Der Techniker zwinkerte.

Die drei ??? gingen zu den Autos. Peter öffnete dasjenige, das schlimmer zugerichtet war, und setzte sich auf den Fahrersitz. Die Frontscheibe war zerbrochen, aber die Splitter waren aus dem Innenraum entfernt worden. Der Zweite Detektiv erinnerte sich an das, was Richie Harmon ihnen erzählt hatte, und ging auf die Suche nach dem Chip. Er fand zwar nicht neben, aber unter dem Lenkrad eine Öffnung. Dort verliefen die Kabel, die man im Fernsehen immer sah, wenn ein Autodieb den Wagen kurzschloss. Und nicht nur das. Dort saß hinter einer Klappe in einer Vertiefung auch ein Chip. Peter konnte ihn herausziehen.

»Das war einfach«, sagte er zu seinen Kollegen – und sah, dass Bob im zweiten Wagen gerade dasselbe getan hatte.

»Ein wenig zu einfach«, meinte der dritte Detektiv.

»Für mich ist die Wahrscheinlichkeit, dass es sich bei dem Unfall um Sabotage handelt, soeben sprunghaft gestiegen. Fragt sich nur, wer sabotiert. Und warum.« Justus knetete mal wieder seine Unterlippe. »Spontan fallen mir da Konkurrenzfirmen ein, die andere Smart Citys errichten. Das Projekt ist ja nicht einzigartig auf der Welt.«

»Richtig!« Peter ließ den Chip wieder an seinem Platz verschwinden. »Ich habe aber eine ganz andere Frage: Warum schlittern wir schon wieder in einen neuen Fall? Testbewohner in einer denkenden Stadt – das wäre doch aufregend genug, ohne dass es ein Verbrechen im Hintergrund gibt!«

»Ja«, sagte Justus und grinste breit. »Herrlich, nicht wahr?«

In diesem Augenblick erloschen schlagartig alle Lichter in der

116

Halle. Peter schrie erschrocken auf und streckte sich so ruckartig, dass er mit dem Kopf gegen das Autodach knallte. Dann begann es zu dröhnen.

»Was passiert hier?«, rief Bob aus dem anderen Wagen. Seine Stimme klang angespannt.

»Ich glaube, die Werkstatttür schiebt sich gerade zu«, antwortete Justus.

»Du meinst, wir werden … eingeschlossen?« Peter glaubte, draußen Schritte zu hören. Oder bildete er sich das ein?

Die drei ??? verharrten eine Weile regungslos, dann gab sich Justus einen Ruck und tastete sich zum Eingang zurück. Er fand einen Hebel und zog mit aller Kraft die Tür von Hand auf. Von draußen fiel Licht herein. Er lauschte, aber alles blieb still. »Ich glaube, hier ist nichts, Kollegen.«

Peter und Bob stiegen aus den Autos und kamen zu ihm.

»Sicher wieder eine Fehlfunktion«, meinte Justus.

»Oder will uns jemand einschüchtern?«, fragte Bob.

Peter verdrehte die Augen. »Ich hätte es wirklich auch mal ohne Zwischenfälle und Verbrecherjagd ausgehalten. Und jetzt will ich schlafen. Morgen früh treffen wir Carolyn und danach heften wir uns an die Spur eines Saboteurs. Aber für heute reicht's mir!«

Im Haus empfing sie Chloes Stimme mit einem fröhlichen: »Wie geht es euch?«

»Wir sind müde«, erklärte Peter und kam sich nicht mal seltsam dabei vor, mit einem Computer zu reden …

Vielleicht musst du jetzt auch eine Runde schlafen. Wenn nicht: auf zu Seite 62.

Die vier wussten, dass sie eine rasche Entscheidung fällen mussten. Sie durften den Chinesen nicht lange warten lassen. Es war unhöflich genug gewesen, ihn so vor den Kopf zu stoßen und einfach allein sitzen zu lassen.

»Bei einem Diebstahl kommt es vor allem darauf an, dass mögliche Spuren nicht erkalten«, sagte Justus. »Wir sollten so schnell wie möglich in den Supermarkt gehen und uns umsehen. Das Gespräch mit Mr Zhào können wir auch später noch fortsetzen. Oder was meint ihr?«

Die anderen stimmten zu.

»Ich schreibe Zondo, dass wir sofort kommen«, sagte Bob.

»Und ich rede mit Mr Zhào.« Justus ging zurück ins Haus und erklärte die Situation – ohne den Diebstahl zu erwähnen. Er sagte nur, dass sie sich dringend um etwas kümmern müssten. »Ich hoffe, Sie verstehen das und empfangen uns später wieder.«

Der Chinese reagierte freundlich. »Erledigt, was immer euch so dringend auf dem Herzen liegt. Ich bin noch einige Stunden im Haus. Solltet ihr in der Zeit zurückkommen, können wir unser Gespräch fortführen.«

»Vielen Dank, Sir!« Justus hastete nach draußen, wo seine Freunde bereits ungeduldig warteten.

Weiter auf Seite 131.

»Was?« Der Erste Detektiv wirbelte herum. Sie waren vielleicht *nicht allein* in diesem Raum? Die riesigen Computeranlagen boten einige Möglichkeiten, sich zu verstecken. »Jetzt in diesem Moment? Sicher, Stephen?«

»Absolut!« Der Techniker ähnelte mit einem Mal einem in die Enge getriebenen Tier. »Hier ist noch jemand!«

Peter spürte sein Herz schmerzhaft im Hals schlagen. Wenn ihr Gegner in diesem Moment zuschlug, befanden sie sich vielleicht auch selbst in Gefahr. Sie hatten es mit einem absoluten Profi zu tun, mit jemandem, der raffinierte Sicherheitssysteme überlisten konnte und Daten im Wert von Millionen Dollar stahl. Bilder aus Kinofilmen tauchten vor seinem inneren Auge auf. Topagenten in geschmeidigen Anzügen und mit einem ganzen Arsenal von lautlosen Schusswaffen …

Niemand sagte ein Wort.

Dann kreischte ein Geräusch in die Stille: Das Gitter des Aufzugs rollte zur Seite. Jemand kam an! Der Aufzug musste also zuvor nach oben gefahren sein, was keinem aufgefallen war.

Zwei Menschen betraten die unterirdische Steuerzentrale: Mr Zimmerman und Mrs Goodwin. »Was tun Sie hier, Mr Derlin?«, fragte Mrs Goodwin. »Und wieso haben Sie diese … Kinder mitgebracht?«

»Gestatten Sie mir eine Gegenfrage«, sagte Justus und es war ihm egal, dass er damit ihren Auftraggeber überging. »Was tun *Sie* hier?«

»Nicht dass wir uns rechtfertigen müssten«, sagte Mr Zimmerman, »aber die Routinemeldung, dass jemand außerplanmäßig in die Steuerzentrale gekommen ist, hat uns überrascht. Wir haben telefoniert und beschlossen, vor Ort nachzusehen.«

Derweil versuchten Peter und Justus, die dunklen Ecken des Raumes im Auge zu behalten – was unmöglich war. Es gab zwischen den Computerblöcken zu viele Möglichkeiten, sich zu verstecken. Das Auftauchen der beiden anderen Hauptaktionäre verkomplizierte die Lage noch mehr.

»Jemand ist in diesem Raum«, sagte Justus laut und vernehmlich. »Jemand außer uns. Er stiehlt in diesem Moment weitere Daten – und ich glaube nicht, dass es ein Zufall ist, dass ausgerechnet die drei Menschen, denen der Zugang hierher möglich ist, ebenfalls hier versammelt sind.«

»Was willst du damit sagen?«, fragte Mr Zimmerman.

Justus hatte eine Vermutung und gab einen Schuss ins Blaue ab. Dabei versuchte er, so überzeugend wie möglich zu klingen. »Dass einer von Ihnen dreien dem Dieb Zugang verschafft hat! Der- oder diejenige brauchte Hilfe, weil er oder sie sich nicht gut genug mit dem Computersystem auskennt – aber einer von Ihnen ist der eigentliche Drahtzieher!«

»Das ist eine ungeheuerliche Anschuldigung«, sagte Mrs Goodwin. »Ist dir überhaupt klar, was du da sagst, Junge?«

»Ich bin mir meiner Worte absolut bewusst«, erklärte der Erste Detektiv feierlich. »Und ich werde sie beweisen, indem ich den Datenspeicher finde, auf den in diesem Moment weitere Daten heruntergeladen werden.« Er hob die Stimme. »Kommen Sie raus, wer immer Sie sind! Sie können nicht entkommen!«

Nichts rührte sich in den dunklen Zwischenräumen der Computeranlagen.

»Mr Derlin«, sagte Justus, »würden Sie dafür sorgen, dass niemand den Aufzug benutzt, um die Halle zu verlassen? Peter und ich untersuchen den Raum. Wir werden –«

»Nicht nötig«, sagte eine helle Stimme. Eine Frau in schwarzer Kleidung trat zwischen den Computeranlagen hervor. »Du hast also herausgefunden, dass ich gerade an der Arbeit war. Und weiter?« Sie lachte. »Was willst du jetzt tun, Junge? Hast du dir darüber schon mal Gedanken gemacht?«

Justus zog sein Handy. »Ich rufe die Polizei. Außerdem wartet oben Verstärkung.« Was immerhin insofern der Wahrheit entsprach, als Bob da draußen in der Stadt war.

»Dein Handy?« Die unbekannte Frau lachte. »Ist das dein Ernst? Ich habe längst dafür gesorgt, dass ihr hier unten keinen Empfang habt! Glaubst du etwa, in *dieser* Umgebung ist es mir nicht möglich, uns abzuschirmen? Stattdessen habe ich eine Überraschung für euch.« Sie zog eine Pistole.

Mrs Goodwin schrie erschrocken auf. Sie wankte zur Seite und suchte Halt an der Wand. »Wir ... müssen raus hier!«

»Und die könnt ihr nicht ferngesteuert abschalten«, fuhr die Unbekannte spöttisch fort. »Also, ein Vorschlag: Ich verlasse jetzt diesen Raum und verschwinde. Danach sehen wir uns nie wieder. Alternativ kann ich natürlich auch die Waffe benutzen, was ich gar nicht gern tun würde. Mein Geschäft sind Spionage und Datendiebstahl ... nicht Mord.« Die Frau ging langsam rückwärts Richtung Fahrstuhl.

»Sie werden nicht fliehen können«, stellte Justus klar. »Sie brauchen jemanden, der den Aufzug bedient.« Er sagte das nur, um herauszufinden, ob seine Theorie stimmte. Handelte die Diebin tatsächlich im Auftrag eines der drei Hauptaktionäre der Smart City? Oder hatte sie einen anderen Weg gefunden, in die unterirdische Halle einzudringen?

»Oh, du bist ja ein sehr kluges Köpfchen.« Die schwarz gekleidete Frau hatte das Aufzugsgitter fast erreicht. »Dabei vergisst du aber, dass mir gleich drei Leute in diesem Raum aus diesem Dilemma helfen können.« Abrupt machte sie drei hastige Schritte auf Mrs Goodwin zu, die dem Aufzug am nächsten stand, und hielt ihr die Pistole an den Kopf. »Gehen wir, Lady.«

Mrs Goodwins Gesicht versteinerte. »I-ich …«

»Still! Sie holen den Aufzug und wir beide verlassen die Stadt. Danach verschwinde ich für immer und wir sehen uns nie wieder. Sollte mich allerdings jemand verfolgen …« Den Rest der Drohung ließ sie unausgesprochen. Sie war ohnehin unmissverständlich.

Weiter auf Seite 21.

»Danke, dass wir mit Ihnen reden dürfen«, sagte Peter.

Mr Zhào nickte. »Ich hoffe auf ein interessantes Gespräch.«

»Wir sind auf Bitten von Mr Derlin hier in der denkenden Stadt«, erklärte der Zweite Detektiv. »Sie kennen ihn?«

»Ich weiß, wer er ist, natürlich. Einer der drei Hauptaktionäre dieser Smart City. In den nächsten Tagen wird er persönlich in die Stadt kommen, wie auch die beiden anderen. Ich werde sie für meine Zeitschrift interviewen. Aber zurück zu euch: Wieso hat er euch hierhergeschickt?«

»Wir haben ihm früher schon geholfen«, sagte Bob. »Darum hat er uns gebeten, für einige Zeit hier zu wohnen und die Augen offen zu halten. Es gibt noch Fehler in einigen Systemen, wie Sie vielleicht wissen?« Dabei achtete er genau auf die Reaktion des Chinesen. Machte sich Mr Zhào verdächtig? Sah er schuldbewusst aus? Ertappt?

Nichts dergleichen. Zhào Qiaozhi nahm einen Löffel des Frühstücksbreis, ehe er antwortete. »Ja, ich bin im Bilde über die letzten Unstimmigkeiten. Das ist normal, wie ich aus meiner Erfahrung mit einer Smart City in meinem Heimatland weiß. Auch dort habe ich einige Tage gelebt, um einen Bericht darüber zu schreiben. Ich arbeite für das führende Computermagazin in China.«

Das bezweifelten die drei ??? nicht, fragten sich allerdings, ob das alles war. Arbeitete ihr scheinbar harmloses und freundliches Gegenüber im Auftrag eines Konkurrenzprojekts und sollte diese Smart City sabotieren? Nichts sprach dafür. Er hätte mit seinen unerwarteten Besuchern ganz anders umgehen können. Andererseits konnte er natürlich auch ein guter Schauspieler sein. Da hatten die drei ??? schon ganz anderen

123

Schurken ihre Maske aus Freundlichkeit vom Gesicht gerissen. Sie mussten nachhaken.

»Ich finde Ihre Erfahrungen in der chinesischen Smart City interessant«, sagte Justus. »Ist sie mit dieser Stadt vergleichbar?«

»Das schon«, erklärte Mr Zhào. »Natürlich sind die Gebäude ganz anders aufgebaut, aber das Prinzip ist dasselbe. Wobei die selbst fahrenden Autos hier auch für mich etwas völlig Neues sind.«

Aha, dachte der Erste Detektiv. »Die gibt es dort nicht?«

In diesem Moment klingelte Bobs Handy. Eine Nachricht war eingegangen. »Sie entschuldigen«, murmelte der dritte Detektiv und zog das Mobiltelefon heraus. Er las die Nachricht und seine Augen weiteten sich. »Ich muss kurz mit meinen Freunden sprechen. Justus, Peter, kommt ihr bitte kurz mit raus?«

»Aber Bob, wir …«, setzte der Erste Detektiv an.

»Kommt ihr?«, fragte Bob drängender. »Mr Zhào, wir sind gleich zurück.«

Zu dritt eilten sie nach draußen, Carolyn folgte unaufgefordert. Der Chinese blieb im Wohnzimmer zurück.

»Was ist denn so wichtig, Bob?«, fragte Peter vor der Tür.

Der dritte Detektiv hob sein Handy. »Zondo hat geschrieben.«

»Es gibt etwas Neues?«, fragte Justus.

»Das kann man wohl sagen! Es hat einen Diebstahl gegeben!«

»Einen Diebstahl?«, entfuhr es Carolyn, die sich offenbar fühlte, als würde sie schon voll dazugehören.

»Was ist gestohlen worden?«, fragte Justus gleichzeitig.

124

»Jemand hat in den Supermarkt der Stadt eingebrochen und dort eine Art Steuereinheit entwendet, die den Warenumsatz des Ladens automatisch regelt.«

»Die Dinge überschlagen sich ja geradezu«, sagte Justus, und er klang begeistert. »Sabotage, Diebstahl …«

Peter seufzte. »Und worum kümmern wir uns jetzt zuerst? Oder trennen wir uns?«

»Wir bleiben zusammen«, forderte Bob. »Die Frage ist nur, ob wir zuerst zurückgehen und weiter mit Mr Zhào sprechen, wo es gerade interessant geworden ist … oder uns im Supermarkt um den Diebstahl kümmern, solange die Spuren noch heiß sind! Zondo ist selbst auch dort.«

Deine Entscheidung! Die drei ??? müssen beidem nachgehen, aber einem nach dem anderen. Auf Seite 85 führen sie das Gespräch mit dem Chinesen in Sachen »Spionage« weiter. Zuerst um den Diebstahl kümmern sie sich auf Seite 118.

»*Was* hast du?«, fragte Carolyn.

»Kapiert, wer der Dieb ist. Oder besser gesagt: die Diebin!«

»Meinst du etwa Mrs Goodwin? Warum?«

»Warte!« Bob schnappte sich sein Handy und versuchte, Justus und Peter zu erreichen.

Vergeblich.

Also schickte er eine Nachricht an die Handys seiner Freunde: *Mrs Goodwin ist die Diebin!* Die würde zugestellt werden, sobald die Mobiltelefone wieder Empfang hatten.

»Mrs Goodwin ist eine der wenigen, die Gelegenheit hatten, in die Steuerzentrale zu gelangen. Und sie hat eine Menge Geld bei einem Aktiencrash verloren.«

»Und deshalb bestiehlt sie sich jetzt selbst?« Carolyn hob skeptisch die Augenbrauen. »Klingt nicht sehr logisch.«

»Sie ist einer der Hauptaktionäre dieser Smart City, richtig?«, sagte Bob, während er aufstand. »Komm mit!«

»Wohin?«

»Zum Steuerzentrum! Ich muss zu Justus und Peter! Unterwegs erzähle ich dir mehr!« Sie eilten aus dem Haus und Bob fuhr fort: »Mrs Goodwin besitzt nicht nur Anteile an *dieser* denkenden Stadt, sondern auch an einer entstehenden Smart City in China. Diese Anteile hat sie gekauft, *nachdem* sie das viele Geld verloren hatte. Und zwar deutlich mehr Anteile als die 17 Prozent, die sie hier besitzt. Klingt wirklich nicht sehr logisch. Woher hat sie das Geld? Ist aber auch egal: Durch den Diebstahl wird sie hier zwar Geld verlieren, aber erstens mit dem heimlichen Verkauf des Datensatzes nach China und zweitens dem damit erhofften steigenden Gewinn der dortigen Smart City ein Vielfaches an Geld einnehmen!«

»Sie stiehlt die Geheimnisse dieser Stadt und verwendet sie in China, wo sie mehr davon hat«, sagte Carolyn. »Clever!«

»Bewunderst du sie etwa?«

Carolyn grinste. »Quatsch! Aber schlau ist sie trotzdem.«

Es war nicht mehr weit bis zum Hauptsteuerzentrum. Wieder versuchte Bob, seine Freunde zu erreichen.

Und wieder kam er nicht durch. Vielleicht gab es in der unterirdischen Welt des Steuerzentrums keinen Empfang.

Sie hatten ihr Ziel fast erreicht, als Bob plötzlich stutzte. »In Deckung!« Er zog Carolyn hinter einen Strauch.

Keine hundert Meter entfernt öffnete sich die Tür des Steuerzentrums und Mrs Goodwin trat heraus, gefolgt von einer unbekannten, schwarz gekleideten Frau, die, wenn auch halb unter ihrer Jacke versteckt, eine Pistole in der Hand hielt! Die beiden sprachen leise miteinander, Mrs Goodwin zeigte Richtung Gewächshaus und gemeinsam eilten sie darauf zu.

»Wo sind Justus und Peter? Hat sie sie etwa da drin –« Bobs panischer Gedanke wurde durch das Summen seines Handys unterbrochen: Justus! »Erster, was ist los? Wo –«

»Die Goodwin ist mit ihrer Komplizin geflohen«, unterbrach Justus. »Wir waren alle hier in der Steuerzentrale und –«

»Ich weiß«, flüsterte Bob. »Carolyn und ich stehen vor der Tür und haben die zwei im Auge! Sollen wir sie verfolgen?«

»Ja, aber vorsichtig, sie sind bewaffnet. Wir kommen jetzt auch raus«, sagte Justus. »Wohin laufen sie?«

»Richtung Gewächshaus. Bis gleich! «

Die Verfolgungsjagd beginnt, schnell zu Seite 130.

»Wir sind natürlich interessiert«, sagte Justus. »Aber wir hätten gern mehr Informationen.«

»Verstehe«, sagte Zondo. »Der geschenkte Hund und so.«

Die drei ??? blickten sich ratlos an. »Hund?«, fragte Bob.

Diesmal nestelte ihr Besucher nicht nur an der Sonnenbrille herum, sondern nahm sie ab. »Na, das Sprichwort: *Einem geschenkten Hund schaut man nicht in den Mund.*«

Justus räusperte sich. »Also, da verwechseln Sie etwas. Es lautet *Einem geschenkten Gaul schaut man nicht ins Maul.*«

Zondo grinste. »Das weiß ich. War'n Witz. Aber ich bin nicht besonders witzig.« Er winkte ab. »Ihr kennt meinen Auftraggeber zwar nicht persönlich, aber ihr habt von ihm gehört. Er ist der Besitzer des Derlin-Hotels in Los Angeles, in dem ihr bereits einen Fall gelöst habt.«

»Das Hotel mit den goldenen Zinnen!«, entfuhr es Justus.

»Mr Derlin besitzt nicht nur dieses Hotel, ihm gehört auch ein Teil der Smart City. Genauer gesagt, ist er einer der drei Hauptaktionäre, denen zusammen 51 Prozent der Stadt gehören. Deshalb ist ihm natürlich daran gelegen, dass diese technischen Fehler möglichst schnell beseitigt werden. Er vertraut euch, weil er gute Erfahrungen mit euch gesammelt hat. Ihr seid jung und schlau. Ihr denkt anders als die ganzen Ingenieure und Techniker. Also, klärt alles mit euren Eltern. Ich hole euch morgen Mittag ab, zwölf Uhr! Wir werden etwa vier Stunden fahren müssen, bis wir dort sind. Und noch mal – alle Kosten wird Mr Derlin übernehmen, macht euch deshalb keine Sorgen.«

Zondo reichte den Jungen zum Abschied eine Visitenkarte. »Damit ihr mich erreichen könnt.«

»Ich gebe Ihnen gern auch unsere Karte«, sagte Justus und fasste in seine Hosentasche. Er trug immer ein paar bei sich.

»Ich habe eure Daten längst«, versicherte Zondo. »Ist also nicht nötig.« Er wandte sich zum Gehen.

»Nur eins noch«, rief Bob ihm hinterher. »Wenn wir in die Stadt kommen, um mögliche Pannen zu entdecken – heißt das, wir können uns überall frei bewegen?«

Zondo, der die Veranda schon fast verlassen hatte, drehte sich noch einmal um. »Natürlich nicht in den Häusern, in denen andere Testbewohner leben. Ach, das sagte ich noch gar nicht – ihr seid natürlich nicht die Einzigen in der Stadt. Ansonsten bekommt ihr aber Ausweiskarten, die euch erlauben, hinter fast alle Kulissen zu schauen.«

»Fast?«, fragte Peter.

»Es gibt einen zentralen Steuerraum für die Smart City, gewissermaßen das Herz der Stadt. Dort darf niemand rein, außer ganz wenigen Technikern. Und nun, Jungs, wünsche ich euch einen schönen restlichen Tag.« Er verabschiedete sich und ging.

»Eins geht mir nicht mehr aus dem Sinn«, sagte Bob.

»Und zwar?«, fragte Peter.

»Zondos Versuch, einen Witz zu machen. Was haltet ihr von *Einem geschenkten Floh schaut man nicht in den Po*?«

»Haha!«, meinte Justus. »Es gibt jetzt wirklich Wichtigeres zu tun!«

Und das findet ihr auf Seite 52.

Nachdem Justus, Peter und Stephen mit Mr Derlin wieder an die Oberfläche gekommen waren, übernahm es der Auftraggeber der Detektive, die Polizei zu informieren, während die anderen versuchten, zu Bob und Carolyn aufzuschließen. Per Handy wies der dritte Detektiv ihnen flüsternd den Weg. Kurz darauf fanden sie zusammen.

Auch zu fünft hielten sie sich besonnen in Deckung, nicht weit von Mrs Goodwin und ihrer Komplizin entfernt. Die beiden Frauen näherten sich zielstrebig einem Wagenpark, einem der öffentlichen Parkplätze, der von Hecken umgeben war und nur eine kleine Ausfahrt hatte. Dort standen etliche der Autos, mit denen man sich in der Smart City fortbewegen konnte.

Und jetzt? Der Fall steht dicht vor seiner Lösung, aber wie sollen sich die drei ??? verhalten? Auf Seite 135 versuchen sie, die beiden Verbrecherinnen zu überwältigen. Auf Seite 81 halten sie sich zurück und beobachten weiter.

Beim Supermarkt erwartete sie nicht nur Zondo, sondern auch der Techniker Stephen Robertson. Einer von dessen Kollegen war an der Arbeit und untersuchte ein hässliches Loch in der Wand. Die Holzverkleidung war dort zerstört und herausgerissen worden. Eine metallene Schwingtür hing verbeult in den Angeln. Dahinter gähnte ein Hohlraum, den der Techniker gerade ausleuchtete. Leider konnten die drei ??? nichts Genaueres sehen, weil sie zu weit entfernt standen.

»Danke, dass Sie uns gleich informiert haben«, sagte Justus. »Carolyn ist mit uns gekommen. Sie ist …«

Zondo legte den Zeigefinger an die Lippen: »Schschscht! Ich kenne Carolyn. Das ist eure Entscheidung. Wenn ihr sie mitbringt, okay. Mr Derlin vertraut euch«, sagte er so leise, dass der unbekannte Techniker es nicht hören konnte. »Und ich übrigens auch. Noch habe ich die Polizei nicht informiert. Wir wollen möglichst wenig Publicity in dieser Sache. Wir versuchen, das Problem intern zu klären. Und natürlich hoffe ich, dass ihr uns helfen könnt.«

»Was genau ist gestohlen worden?«, fragte Bob. Er zog seinen Mininotizblock und den kleinen Kugelschreiber, den er meistens bei sich trug, heraus. Während Zondos Antwort machte er sich Notizen.

»Die Steuereinheit, die sozusagen den ganzen Supermarkt managt. Sie nimmt automatisch den jeweiligen Bestand der Waren auf, verfolgt den Verkauf, bestellt selbstständig Neuware, prüft die Kassenbestände … managt einfach alles, was ihr euch vorstellen könnt.«

»Und wie müssen wir uns dieses Gerät vorstellen?«, fragte Peter. »Wie einen … äh, wie einen Roboter?«

131

»Es ist nicht beweglich oder so. Eine Schaltstelle, eine Art Komplex aus Mikrochips, der mit Kameras im Laden und mit den hochmodernen Kassen verbunden ist. Eine Spezialanfertigung, ein weltweiter Prototyp.«

Justus pfiff leise. »Das heißt, es gibt nirgends etwas, das sich damit vergleichen lässt.«

Zondo nickte. »Es passt nur auf diesen Supermarkt!«

»Wer wusste davon, dass es diese Steuereinheit gibt?«

»Viele Arbeiter hier in der Stadt. Elektriker, Ingenieure, Computerfachleute … viele der künftigen Angestellten, außerdem die Aktionäre, die Anteile an der Stadt besitzen. Also nicht nur Mr Derlin und die anderen beiden Hauptbesitzer, sondern auch die vielen, die nur einen kleinen Anteil an der Smart City haben. Es ist kein Geheimwissen. Unter anderem mit diesem Supermarkt und seiner einzigartigen Steuereinheit wird für die Smart City geworben.«

»Also jede Menge potenzieller Täter«, stellte Peter fest. Genau wie in Sachen Sabotage. Doch diese Überlegung behielt er für sich.

»Es gibt hier doch sicher Überwachungskameras«, sagte Justus. »Haben die irgendwas aufgezeichnet?«

»Alle sind kurz vor dem Diebstahl ausgefallen«, erklärte Zondo.

»Was wohl bedeutet«, meinte Bob, »dass der Dieb sie ganz gezielt ausgeschaltet hat.«

Mit Carolyn im Schlepptau machten sich die drei ??? daran, den Tatort zu untersuchen. Dazu bat Zondo den Techniker, vorübergehend zur Seite zu gehen. Der Mann sah zwar verwundert aus und schaute skeptisch auf die vier Jugendlichen, aber er folgte der Aufforderung.

132

Die Holzverkleidung war sichtlich mit Gewalt zertrümmert und abgerissen worden. Dabei war der Dieb nicht gerade zimperlich vorgegangen.

»Eins steht fest«, sagte Peter. »Unser Unbekannter oder unsere Unbekannte wusste genau, wo sich die Steuereinheit befunden hat. Die Person ist zielgerichtet vorgegangen. Es war also keine Zufallsbeute.«

»Was hier in der Smart City sowieso unwahrscheinlich wäre«, meinte Justus.

»Sag das nicht!«, wandte Peter ein. »Ein Dieb würde hier fast überall etwas Wertvolles finden.«

Die Metalltür hinter dem Holz war ebenfalls mit Gewalt aufgebrochen und zur Seite gebogen worden. Die Steuereinheit selbst war komplett entfernt worden. Nur noch einige Kabelenden baumelten lose aus der Wand. Sie verschwanden in einem Rohr, das nach oben führte.

Justus ging zu dem Techniker, der abseits stand und an einem Regal lehnte. »Was glauben Sie, wie viel diese Einheit wert ist, Mr … ähm …?«, fragte der Erste Detektiv.

Der schaute ihn verwirrt an. »Frederik. Joey Frederik. Aber was die Einheit wert ist? Das kann man so nicht sagen. Unsummen. Und null Komma nichts. Wer kann mit so einem speziellen Teil schon etwas anfangen? Aber sagen wir so: Für diejenigen, die wissen, was man damit anfangen kann, wäre die Steuereinheit viel wert. Man könnte das System untersuchen, dessen Funktionsweise nachvollziehen, es nachbauen und an andere Geschäfte anpassen.«

»Danke, Sir«, sagte Justus. »Genau das habe ich mir gedacht.« Er ging zurück zu seinen Freunden, die den Tatort rund um

133

die zerstörte Wand inzwischen genauer unter die Lupe genommen hatten.

»Keine Spuren«, sagte Peter. »Zumindest nichts, was man mit bloßem Auge sehen könnte. Wir sollten noch mal kommen und mit unserer Spezialausrüstung nach Fingerabdrücken suchen … aber ich glaube nicht, dass das viel helfen wird. Der Dieb ist so gezielt vorgegangen und hat so genau auf alles andere geachtet, dass er sicher mit Handschuhen ans Werk gegangen ist.«

»Das denke ich zwar auch«, sagte Justus, »aber da seht ihr mal, wie gut es war, dass ich die Sachen im Spezialkoffer mitgenommen habe. Ein guter Detektiv muss eben allzeit bereit sein!«

Carolyn hörte ihnen mit großen Augen zu. »Super, wie ihr das alles angeht. Ich hätte gar nicht gewusst, was ich tun soll!«

Die drei ??? fühlten sich durchaus etwas geschmeichelt, taten es aber mit ein paar lässigen Bemerkungen ab. Sie suchten noch das Gelände nach Spuren ab, fanden aber nichts.

Hast du deinen Weg so gewählt, dass die drei ??? ihr Gespräch mit Mr Zhào unterbrochen hatten, um zum Supermarkt zu gehen? Dann geht es auf Seite 45 zurück zu dem Chinesen. Falls sie ihr Gespräch schon beendet hatten, geh zu Seite 49.

Sie sammelten sich hinter einem dichten Gebüsch.

»Jetzt oder nie!«, sagte Peter. »Wir müssen die beiden aufhalten. Wenn sie ins Auto steigen und losfahren, verlieren wir sie!«

»Okay, du, Stephen und ich!«, stimmte Justus zu.

Mrs Goodwin näherte sich dem Wagen. Eine kurze Handbewegung und die Tür öffnete sich. Sie wollte gerade einsteigen, als die drei hinter den Hecken aufsprangen. »Bleiben Sie stehen! Die Polizei ist informiert. Sie können nicht entkommen!« Das stimmte nur zum Teil – mit einiger Wahrscheinlichkeit war die Polizei tatsächlich schon unterwegs, aber bis sie hier eintraf, würde es noch dauern. Doch ihr rasch gefasster Plan basierte ohnehin auf einer anderen Idee. Bob und Carolyn hasteten inzwischen weiter, um die beiden Verbrecherinnen seitlich zu überraschen. Dann wollten sie sich von zwei Seiten gleichzeitig auf ihre Gegner stürzen. Immerhin waren sie deutlich in der Überzahl.

Doch was half das gegen eine Pistole? »Rein mit Ihnen, Mrs Goodwin!«, sagte die Hightech-Diebin, riss die Waffe heraus – und schoss.

Der Zweite Detektiv schrie auf. Doch die Kugel schlug weit vor den beiden Jungen in den Boden. »Das war eine Warnung!«, rief die Frau. »Die einzige, klar?«

Justus sah den dritten Detektiv und Carolyn, wie sie sich von der Seite her dem Geschehen näherten. »Bleibt zurück!«, rief er.

Die Unbekannte stieg zu Mrs Goodwin ins Auto. War das ihre Chance? Doch schon fuhr die Scheibe herunter und die Pistole wurde sichtbar. Ein erneuter Schuss – diesmal in den

Boden einige Meter vor Bob und Carolyn. »Okay, doch noch eine zweite Warnung. Dein Rat, zurückzubleiben, war sehr gut, Dicker!«

Im nächsten Moment brauste der Wagen los. Kleine Steinchen spritzten zur Seite. Justus schnappte sich sein Handy, rief bei Mr Derlin an. »Ist die Polizei …«

»Sie ist informiert«, fiel ihr Auftraggeber ihm ins Wort. »Es dauert mindestens fünfzehn Minuten, bis sie hier sind.«

Fünfzehn Minuten.

Eine Ewigkeit.

Bis dahin würden die beiden Verbrecherinnen längst so weit weg sein, dass niemand mehr ihre Spur aufnehmen konnte.

Justus legte auf. Das durfte nicht wahr sein. Die beiden waren entkommen.

Die drei ??? trösteten sich mit dem Gedanken, dass sie die Identität der Drahtzieherin hinter dem Diebstahl aufgedeckt hatten. Mrs Goodwin würde früher oder später gefasst werden! Wie es mit ihrer Komplizin aussah, stand auf einem anderen Blatt.

Doch die Wahrheit war viel bitterer. Ab diesem Tag tauchte Mrs Goodwin unter. Sie hatte sich offenbar genau darauf vorbereitet. Sie wurde nie mehr gesehen und lebte wohl unter anderem Namen. Ihre Anteile an der chinesischen Smart City waren über Unterfirmen und Mittelsmänner so undurchschaubar, dass auch dort kein Weg zu ihr führte. Die raffinierte Verbrecherin war tatsächlich entkommen …

Justus und Bob folgten Peter hinein und warfen kurze Blicke in die drei verbliebenen Räume: Küche, Wohnzimmer, Büro – alle nur spärlich möbliert, aber hell und freundlich. Anschließend entdeckten sie eine gläserne Aufzugkabine, entschieden sich dann aber doch dafür, über die breite Wendeltreppe ins Obergeschoss zu gehen, von wo warmes Licht herabströmte. Die Treppe endete in einem einzigen riesigen Studioraum. Über drei der Wände verlief in Augenhöhe ein etwa fünfzig Zentimeter hohes Lichtband – breite Fensterscheiben, die eine herrliche Panoramasicht über die Smart City boten. Sie ließen sich nicht öffnen. Dafür gab es in der flachen Decke eine kreisrunde Scheibe, die den Blick in einen wolkenlosen Himmel ermöglichte. Dieses Fenster stand ein wenig offen und ließ frische Luft herein.

Unterhalb des Lichtbands waren Regalfächer in die Wand eingelassen, die momentan leer standen. Auf dieser Raumhälfte verteilten sich einige Sitzsäcke und gepolsterte Liegestühle mit kleinen Schwenktischchen, gegenüber standen drei Einzelbetten, die wie die Eckpunkte eines Dreiecks angeordnet waren. Darauf türmten sich Kissen und Decken.

»Dieser Mr Derlin hat alles bestens für uns vorbereitet!« Bob ließ sich zufrieden auf eines der Betten fallen. Es war herrlich bequem.

Justus marschierte an der Fensterreihe entlang und blickte nach draußen. »Interessant, Kollege. Diese Glaskuppel ist tatsächlich riesig. Und daneben steht noch ein sehr hohes Gebäude. Könnte eine Art Kaufhaus oder Supermarkt sein.«

»H-hm«, machte Bob, der es viel interessanter fand, wie schön weich das Kissen war, in dem er gerade versank.

Justus blieb stehen und beugte sich vor, bis er sich fast die Nase an der Fensterscheibe platt drückte. »Dahinten stehen drei Leute und reden. Das müssen andere Testbewohner sein. Ein Mann in einem geschniegelten Anzug und zwei Frauen. Die eine ist grauhaarig und trägt eine Menge Goldschmuck. Die andere scheint höchstens zwanzig zu sein und …«

»Just«, meinte Bob, »lass gut sein. Wir haben eine anstrengende Fahrt hinter uns. Pause ist angesagt!« Er entdeckte ein kleines Gerät, das wie ein Handy aussah und neben dem Bett in einer Halterung eingeklickt war. Als er es herausnahm, erwachte es blinkend zum Leben und zeigte auf einem Touchpad einige Symbole, die Bob sofort verstand. Er drückte eins davon und das Fußteil der Matratze hob sich summend, wobei die Beine angenehm leicht angewinkelt wurden. Ein zweiter Fingerdruck, und auch das Kopfteil fuhr nach oben. »Mensch, Just, das ist so was von …«

»Mir steht nicht der Sinn danach, mich faul hinzulegen, wenn ich gerade in der Stadt der Wunder angekommen bin!«

Der dritte Detektiv grinste. »Ach, du glaubst neuerdings an Wunder?« Er drückte wieder auf das Steuergerät … aber die Bewegung von Kopf- und Fußteil stoppte nicht! Bob saß schon fast aufrecht und seine Beine kamen ihm immer weiter entgegen. »Hey, halt!«, sagte er, während er noch mal das entsprechende Symbol drückte. Und noch mal. Aber es half nichts. Die Oberschenkel wurden ihm beinah an den Brustkorb gepresst. »Au, verflixt!« Er drehte sich zur Seite und rollte vom Bett, rutschte dabei aus und landete unsanft auf dem Hintern. Dann stoppte die Matratze endlich ihre Bewegung. Justus grinste. »Na, doch nicht so bequem?«

»Da haben wir gleich was, das wir Zondo berichten können«, meinte Bob missmutig. »Das ist ja gemeingefährlich!«

»Du hast sicher nur die falschen Knöpfe …«, setzte der Erste Detektiv an.

»Glaubst du, ich bin blöd? Die Symbole sind eindeutig. Hier, schau dir das an, das funktioniert einfach nicht!« Bob hielt seinem Freund das Steuergerät hin.

Justus versuchte, das Bett wieder nach unten zu fahren, und musste zugeben, dass Bob recht hatte. »Seltsam«, meinte er. »Kaum angekommen, finden wir auch schon den ersten Fehler. Verrückte Sache! Das könnte ganz schön gefährlich werden.«

In diesem Moment hörten sie aus dem Erdgeschoss ein lautes Wummern und einen gedämpften Hilferuf.

»Das ist Peter!«, rief Bob, und die beiden Freunde hasteten die Wendeltreppe nach unten.

Weiter auf Seite 17.

»Falls Sie beide« – Justus schaute nun Mrs Goodwin und Mr Zimmerman an – »nicht wissen, dass wir Detektive sind, gebe ich Ihnen gern unsere Visitenkarte.«

»Nicht nötig«, sagte die grauhaarige Stadtbesitzerin. »Corey hat uns im Vorfeld bereits informiert.«

»Oh. Ja.« Justus zog seine Hand ohne Visitenkarte wieder aus der Hosentasche.

»Habt ihr irgendeine Spur in Sachen Diebstahl?«, fragte Mr Zimmerman. »Oder einen Verdacht, wer der Täter sein könnte?«

»Leider noch nicht«, gab Bob zu.

Die drei Hauptbesitzer wünschten ihnen viel Erfolg für die Ermittlungen und betonten noch einmal, wie dankbar sie seien, dass die drei ??? die Saboteure enttarnt hatten. Sie alle wollten noch ein oder zwei Tage in der Stadt bleiben und sagten, dass sie bei weiteren Fragen zur Verfügung stünden.

Nach dem Treffen machten sich die drei ??? auf den Weg zum Supermarkt. Als sie außer Hörweite waren, sagte Peter: »Seltsam, dass Mr Derlin so darauf bestanden hat, dass wir uns von der Hauptsteuerzentrale der Stadt fernhalten.«

»Das ist mir auch aufgefallen«, meinte Bob. »Genau wie die Blicke, die die drei sich zugeworfen haben, als Justus das Wort *Diebstahl* erwähnt hat.«

»Das war in der Tat sehr mysteriös«, sagte der Erste Detektiv. »Irgendetwas stimmt da nicht, wenn ich auch noch nicht weiß, was.« Er blieb ruckartig stehen. »Wartet.«

»Was ist?«, fragte Bob. »Wir wollen doch zum Supermarkt, um uns erneut umzuse…«

»Ich glaube nicht, dass wir dort etwas finden, was uns weiterhilft«, unterbrach Justus. »Ich hatte gerade einen ganz anderen Gedanken.«

»Und der wäre?«

Justus knetete seine Unterlippe, ehe er antwortete. »Lasst uns noch einmal mit Mr Zhào sprechen. Er ist für die führende Computerzeitschrift in China tätig, das heißt, er kennt sich *wirklich* auf diesem Gebiet aus. Und er hat uns angeboten, dass wir uns wieder an ihn wenden können. Ich hätte da ein paar Fragen an ihn.«

»Lass mich raten«, sagte Bob. »Dir geht es dabei nicht um die Steuereinheit im Supermarkt, sondern um das Schaltzentrum der denkenden Stadt. Den einzigen Ort, der uns verschlossen bleibt.«

Der Erste Detektiv nickte. »Gut erkannt, Kollege! Informationen und Recherche schaden nie! Richtig?«

»Wer bin ich«, fragte der dritte Detektiv, »dass ich dir da widersprechen könnte …«

Peter grinste. »Einen Augenblick hatte ich schon Angst, dass du dir wie Richie Harmon nun selbst deine Fragen beantwortest. *Richtig, Justus? Klar, Justus!*«

Der Erste Detektiv tippte sich mit dem Zeigefinger an die Stirn. »Piep, piep, Peter! Wieso sollte ich so etwas Sonderbares tun?«

Der Zweite Detektiv lachte. »Also los, auf zu Zhào Qiaozhi!«

Weiter auf Seite 13.

Später saßen die drei ??? in ihrem Wohnzimmer in der Smart City. Peter ließ sich vom Sofa den Rücken massieren. »Drei Fälle gelöst«, sagte er. »Jetzt ist aber genug. Auch die drei ??? brauchen mal Pause!«

Carolyn, die bei ihnen saß, grinste. »Ich könnte ewig so weitermachen! Besser, als Mrs Bunbury zu bedienen, ist es allemal.« Sie schaute auf die Uhr. »Und das geht gleich wieder los. Aber eins müsst ihr mir noch verraten. Mrs Goodwin war also nicht nur hier Hauptaktionärin, sondern hatte auch Anteile bei einer chinesischen Smart City. Das hab ich kapiert. Ihr Datendiebstahl hätte aber doch trotzdem die hiesige denkende Stadt geschädigt.«

»Richtig«, sagte Bob, der inzwischen noch mehr Hintergründe kannte. »Aber sie hatte bereits den Großteil ihrer Anteile hier verkauft – so geschickt, dass es niemandem aufgefallen war, weil sie über Subfirmen und Mittelsmänner gearbeitet hat. Genau wie im Fall der chinesischen Smart City. Dort hat sie über 50 Prozent der Anteile gekauft, das heißt, ihr gehört dort mehr als die halbe Stadt.«

»Sie hätte also«, ergänzte Justus, »hier nur wenig Verlust gemacht durch den Schaden an der denkenden Stadt. Aber wenn sie die geheimen Daten in China eingebracht hätte, hätte sie dort ein Vermögen gewonnen. Raffiniert … aber für die drei ??? nicht raffiniert genug!«

»Auch wenn sie uns in der Hauptsteuerzentrale ganz schön ins Schwitzen gebracht hat«, sagte Justus. »Nicht dumm, sich von der eigenen Komplizin als Geisel nehmen zu lassen! Wahrscheinlich hat sie sich innerlich noch über unsere Sorge um sie kaputtgelacht!«

142

Carolyn grinste. »Schade, dass Mrs Bunbury nicht dabei gewesen ist. Das wäre genau die Sorte Abenteuer gewesen, die ihr gefallen hätte.«

Peter seufzte. »Und mir hätte etwas mehr Ruhe gutgetan …«

»Ach, Zweiter«, lästerte Justus, »Ruhe haben wir ab jetzt noch genug. Ich glaube kaum, dass noch neue Verbrechen in der denkenden Stadt auf uns warten! Also, wenn ihr mich fragt – Mr Derlin hat doch so oft betont, dass er uns etwas schuldet. Ich werde ihn bitten, mir den riesigsten Eisbecher zu besorgen, den es im Umkreis von hundert Meilen gibt … und wenn er ihn mit einem Hubschrauber einfliegen muss. Macht ihr mit?«

Carolyn grinste. »Sicher, Mr Jonas!«

Gratulation, du hast den Fall gelöst!

1.000 Spuren ...
Du hast die Wahl

Die drei ???®

je 144 S., ca. €/D 8,99

Dein Fall! – Hier entscheidest du, wie die Geschichte weitergeht! Ob am Filmset, beim Liverollenspiel oder auf den Spuren eines Schlangenräubers: Kombiniere klug und löse den Fall gemeinsam mit Justus, Peter und Bob!

kosmos.de/die_drei_fragezeichen Preisänderung vorbehalten